語言文字叢書

中古漢語詞彙特色管窺

周玟慧　著

目　次

代序

　　吾女玟慧近著《中古漢語詞彙特色管窺》已完稿，即將付梓。以余曾為文〈略談家庭教育〉刊登於臺中蓮社《明倫月刊》，近期又將登出〈未雨綢繆，有備無患〉一文，所以懇請我為之作序，女兒的尊重，高興都來不及，怎麼忍心拒絕。惟我僅高職程度，文筆粗略，見解淺陋，要為女兒論文著作作序，恐格格不入。因她的論文領域，已不是我所能理解的。故事先聲明只能從生活上成長歷程和培育的經過，點點滴滴著筆，女兒欣然接受，我只好厚顏執筆作序。

　　玟慧在五、六歲時就能自動幫作家事，我們就趁機教導她「洗臉要洗耳邊，掃地要掃厝邊」。告訴她做事小地方都要細心周到，不要馬虎，一個小螺絲鬆了，機器就停了。細微之處卻關係著事情的成敗。其實許多深具意義的台語諺語都是我母親教導我們的，我也總在適當時機教給兒女。

　　吾女入小學以後，成績都很優秀，深受老師喜愛，為學校指定為紀念會歌唱伴奏，當時弟弟也被指定為朝會升旗典禮司儀，為父也深感榮幸。不過兩姐弟回到家興高采烈，唯恐他們得意忘形，余遂藉機教導他們應以平常心看待，切記不可強出頭，否則「出頭損角」、「囂掰倒頭栽」。要知道「滿招損，謙受益」的道理，在團體中才好立足，否則被排斥日子就難過。

　　記得在民國七十年時，時報出版社推出全套的「中國歷代經典寶庫」。我覺得這套書可以使子女認識中國傳統文化，並加深文學程度。我認為文學才是人生的根本，而且愈長久愈深厚，文學造詣好的人愈老愈能致用。所謂家有一老如同一寶，必須老而有德有學問，才

能被視為耆宿。故而當機立斷訂了全套。書到之後，素喜閱讀的女兒愛不釋手，時常廢寢忘食，經一寒暑工夫就告訴我四十多本經典文學都已讀畢。這過程更奠定她閱讀習慣與文學愛好，對她日後立志研讀中文影響頗大。至此我覺得她求學方面已漸臻成熟，用不著父母再為之操心，此後教導方向以引導人品德行為重點，於是就搬出阿嬤教導我們的法寶拷貝給孩子。譬如要注重口德，說好話，就借用臺灣俗語：「良言入耳三冬暖，惡語傷人六月寒。」「好話免半元，接（常常、頻頻的）講得人緣。」——說好話不用多花費金錢，常說多說好話，與人好感，人際關係就會好。兄弟姊妹如有爭吵，就趁機告訴他們：「家和萬事成，家不和萬世窮。」並詳加解釋這「家」是廣義的家，包含團體、社會、國家，即所處之環境。這「和」亦是廣義的，如和氣、和平、和好、和樂等等。家人能和則家運日日蒸上，前程興旺，社會國家也一樣。這是要每個人都有修養才能做到。於是給孩子的教育就往德行，培養人格的方向走。當我偶而參觀紅木傢具展，看到一面嵌貝殼字畫的桌面，突發奇想：如果我將想提醒子女的庭訓嵌進餐桌桌面，他們就可三餐都看到、感受到，我就不用時常嘮叨了。於是我家就擺設了一張自己設計的餐桌，日日與兒女見面。我向他們解釋：中間蓮花一朵，代表正信佛教的蓮宗，即淨土宗，只要有信、願、行，一心稱念佛號，就能當生成就。右上角的四弘誓願——「眾生無邊誓願度，煩惱無盡誓願斷，法門無量誓願學，佛道無上誓願成。」這是正信佛教徒的總目標。首先想到的是眾生，再說到自己，佛教徒基本態度就是發菩提心，先利人後利己。要努力淨修，把所有污點去掉，就能顯出清淨本性－佛性。每個人都有佛性，我們將來也必定成佛。要成佛就要依佛的榜樣，聞佛經教，如法修行，博覽佛經。我學佛近五十年了，深知佛教這麼好，可以使人脫塵離俗，故願兒女也能朝此方向走。桌面左下角的憫農詩——「鋤禾日當午，汗滴

禾下土。誰知盤中飧，粒粒皆辛苦。」我覺得本詩句的意義是教人要懂感恩，要知惜福。凡是對人對事知道感恩就能無往不利。人際關係良好，做事順遂。知道惜福則一生物質不缺，俗語說：「惜福吃到老擴擴」──長壽又有福。感恩惜福是人生基本觀念，一定要養成。兒女的教養方式雖多是我在規劃。但母親卻是最重要的角色，大部分時間都是內人與兒女在相處溝通，她最能了解兒女的心思，總是能以柔和的態度，溫柔的語氣與孩子們對應。凡事都能以身作則，是最佳的示範者。孩子們的讀書期間，母親停止一切外界活動，連電視機都長期關閉，專心培讀。孩子的行為她隨時注意導正。常配合俗語教導他們，如與人交往要發掘別人的優點，不要只看到別人的缺點，就說：「仙人打鼓有時錯，腳步踏差誰人無。」也會說：「貓吃臊（腥），人吃褒。」他人有優點就要稱讚褒獎，給人歡喜心，好印象，以後貴人就多。又會說：「田園百甲，日吃一合；大厝千間，夜眠六尺。」教兒女不要貪，要懂得勤儉，才能幸福一世人。母親的妙招，無法一一描述，只能略舉一二。對於孩子的教養，內人是位最優秀的執行者，孩子們的成功，母親厥功甚偉，無與倫比。

玟慧於北一女畢業後順利考上臺大中文，這一年兒子已經上建國中學，而小女兒也考上北一女。兒女們在求學方面都以姊姊為榜樣努力讀書，已不用父母再操心了。余往後的責任就是在人格上做個好示範，培養他們高尚的人格。做些什麼示範呢？首先想到的是上聖下嚴師父說的：「布施的人有福，能捨才能得。」於是長期捐助兒少之家。所以選兒少之家為捐助對象，是覺得這群兒童如果沒有人教育，成了流浪之徒，影響社會至鉅，如得到良好教育將成為社會菁英，成果是雙倍的。余個人在生活上循規蹈矩，活動各有定時，故能保持身心健康，不用兒女操心，可以說是最好的示範。

玟慧大學畢業後，繼續攻讀母校碩士班，承蒙黃沛榮老師指導，

選習梅廣老師的課程。隨梅老師到雲南調查獨龍語，其後並請梅先生
指導碩、博士論文。對語言學的熱愛持續不斷，一直深研下去。但願
她的論文中肯適用，利於未來學者參考，有所貢獻。那我們夫婦四十
多年來用心經營，子女能有此成果也足以心安了。

七五老人　周村平
於臺中精誠路明園寓所
2012 年 7 月

自序

　　自從博士論文處理《切韻》性質問題後,中古時期的南北對立,以及這個對立到了隋唐時如何融合成新的標準語,一直是我關注的焦點。畢業後研究重心便一直放在中古詞彙,尤其是南北朝的南北異同上。從蒙昧開始嘗試各種路徑,不斷處理各式成千累萬的語料。期間常有山重水複之嘆,在柳暗花明時回首前塵,方才知道從前的步步踏實並非虛功。

　　將研究對象聚焦在中古漢語時,便會發現一個中古漢語史上的重要議題:在雙音化發展迅速的六朝時期,也正面臨了南北分立,那麼在詞彙史上,南北的雙音化發展又有何異同?筆者曾經提出多項中古漢語史相關計畫:二〇〇八年之「南言北語:從異序結構論中古詞彙系統的南北差異」;二〇〇九年之「南言北語:從《宋書》、《魏書》並列結構比較論南北雙音化異同」;二〇一〇年之「南言北語:從聚合關係論中古詞彙系統的南北異同」與二〇一一年之「隱藏的鏈結:從動詞雙音組合看中古詞彙系統」及二〇一二年之「進退有據:中古任官黜免動詞詞彙語法研究」。幸均獲國科會補助,使得筆者得以深入研究相關問題。逐步發現南北通語大同小異的特色:大同者,除了單音詞仍佔多數比例外;此時期高詞頻的雙音結構也大都延續上古漢語雙音結構的形式和意義。至於六朝出現的新詞新義,就使用頻率而言,佔整體比例中的小部份;但是組合形式相當多樣,其中有些詞彙更能夠呈現出南北社會文化的差異,於此便能尋出南北之「小異」。然因為這些差異所佔比例不大,統計詞頻往往為個位數,單文孤據恐不足為證。這一直是困擾筆者的一個問題。最早研究範圍侷限於「異

序結構」，無法窺其全豹。接著將研究範圍擴增到並列結構，隨著蒐得語料逐漸增加，雖然大多數例證的詞頻依舊不多，不過整體數量已經不少，以聚沙成塔的方式逐步發現南北確有「大同小異」的特色。但這樣的研究仍嫌不足，因此進一步以個案聚合方式整理分析各種單音詞以及相關同義、反義、類義的並列結構。除了靜態描寫外，並與上古漢語用例比較，做動態的分析，如此更能清楚呈現出中古漢語的南北異同。

藉由這樣的研究，發現雙音組合的多樣化是中古漢語詞彙普遍的現象，且與雙音化歷程息息相關。前此一直困擾我們的詞頻問題至此豁然而解，反而成為一個重要特色。正因為六朝時期處於雙音化的實驗階段，所以各式各樣的雙音組合被人們所發明使用。不過此時整體詞彙使用上仍以單音詞為主；雙音組合樣式雖多，出現的比例卻少。與其專注於在大量資料中萃取少數的差異，不若全面研究六朝此一詞彙特色，從而建立一套完整的詞義系統。在系統建立之後，南北的差異自然也就不辨自明了。而這一切研究的開端正在於清楚指出中古詞彙特色在雙音組合的多樣化。是以經過多年嘗試努力之後，本書先選取其中數種個案研究，說明中古詞彙重要特色為每個同義聚合中，雙音組合的樣式非常豐富，以及南北朝時期南北兩大通語大同小異的現象。並藉由比較南北常用詞更替現象，發現南北小異之中，南方文人較常使用新詞入文；而北方相對保守。這些發現將是研究的新起點，相信持續不斷的深耕中古詞彙，在詞彙語義系統、南北異同、古漢語教學乃至漢語史研究等各種不同的面向，都將會有更多有趣的現象等待我們去發掘。

一路走來，領受了眾人的深恩。感謝指導教授梅廣老師，不僅在求學過程中，得到諸多指導受益良深。選擇中古漢語史研究作為終身志業，也是受到老師的啟發與鼓勵。還有許多的感謝，從小到大，是

諸位老師的教誨，讓我有能力去探索未知。感謝連金發老師，詞彙學的啟蒙使我得窺堂奧。感謝黃沛榮老師，為我指出了生命與研究的大方向。感謝何大安老師和楊秀芳老師，溫暖與細心的指導永懷於心。謝謝所有提點幫助過我的老師們，從審查意見中獲益良多。感謝同行好友們，大家互相支持與鼓勵，使得這條漫漫長路有了許多美麗動人的風景。感謝我的家人，爸爸媽媽永遠是我最大的力量來源。感謝玟觀妹妹，常常為我開啟新的視野。謝謝清淵，你的穩定厚實讓我可以安心自在飛翔。謝謝荃棨，最棒的開心果。有你們真好！六年的光陰，抽絲剝繭，逐漸發現中古詞彙內在規律，擬測出的規則，時常在各種不同語料中得到驗證，這種樂趣也是讓研究者不疲不厭深入探勘的力量來源。最後感謝東海中文系提供了一個自由的環境，在紛擾紅塵中依舊靜謐，讓我們可以逍遙其中，安然自得。

周玟慧
序於東海大學
2012年7月30日

第一章

緒論

　　中古漢語在漢語史上為一承上啟下的重要時期，同時也是變化豐富的一個階段。在音韻學的研究中，中古音已經是眾所公認的重要樞紐，然而詞彙部份的重要性一直未能突顯。本書將透過成系統的個案討論，指出中古漢語有雙音組合樣式豐富與南北大同小異兩大特色。並結合詞彙網絡、常用詞更替等研究課題深入探討此中古詞彙特色，從而闡明中古詞彙研究的重要地位。

1　研究動機

　　漢語詞彙發展是由一個以單音詞為主的系統，逐漸過渡到以雙音詞為主。綜合各家研究調查，可以看出上古漢語詞彙系統基本以單音節為主。西周早期，各種結構的複音化始見端倪。春秋戰國時期複音詞數量增加，成為漢語複音化的第一個時期。自東漢以下至魏晉南北朝，因為各種內因外緣具足，使得雙音化發展迅速。到了現代漢語，雙音詞已經完全取代了單音詞，成為詞彙系統的主體[1]。從以單音詞為主過渡到以雙音詞為主，這是漢語詞彙的發展趨勢。而中古時期正

---

[1]　各家研究大抵能夠肯定此一認知：如程湘清（1992a）指出先秦兩周時期雙音化已經開始，到了戰國以後則加快了雙音化的腳步。劉承慧（2003）認為春秋戰國以後複合實詞數量日增。程湘清（1992b）藉由《論衡》研究東漢雙音化相當發達。劉承慧（2003）則指出中古晚期的南北朝，雙音詞比例顯著提高。魏培泉（2003）亦指出中古漢語（東漢魏晉南北朝）雙音節複合詞大量增加。

處於雙音化迅速發展的階段，研究中古詞彙不能不關注此問題。近年來漢語詞彙雙音化研究方興未艾：董秀芳（2002）研究詞組詞彙化歷程、丁喜霞（2005）研究並列式雙音詞為其中佼佼者。相關研究更呈多元面貌：雙音化的動因、發展、雙音詞和詞組的區別特徵、雙音詞量變的階段已經成為漢語史上重要課題[2]。在漢語詞彙雙音化歷程中，南北朝為一重要時期。劉承慧（2003）指出南北朝時期，雙音詞比例顯著提高。魏培泉（2003）亦指出中古漢語（東漢魏晉南北朝）雙音節複合詞大量增加，可見東漢六朝時期是雙音化快速發展的階段。然在此一歷程中，雙音結構必然和單音詞有所競爭。表達相同概念時，六朝人是以單音為主，還是多用雙音詞？即便單就雙音詞來看，也有許多問題。雙音化的過程中，新的雙音結構情況如何：是僅有一種組合可能？或是有多種樣貌？若有多種組合可能時，是各擅勝場平分秋色？還是此多彼少豐臞不同？凡此種種，對研究六朝雙音化歷程而言，均為重要課題。不過這個問題卻不容易回答，誠如董秀芳（2002：8）所言：「詞彙內部的系統性和規整性遠遠比不上語音和句法，在詞彙系統內，雙音詞家族成員眾多，個體之間存在著比較大的差異性，再加上雙音詞在漢語悠久的歷史發展過程中經歷了不盡相同的多個階段的變化，這就使得研究雙音詞的衍生發展成為一件頭緒繁雜的任務，要想理出一個清晰的線索來絕非易事。」詞彙的系統性比不上語音和句法，是研究詞彙的難點。不過董氏提及的雙音詞之間存在比較大的差異性，是就整體詞彙史而論。若詳究六朝時期雙音結構，卻有許多類聚的現象，可為研究雙音詞問題重要關鍵。這也是本書首要標舉的中古詞彙特色之一。

在雙音化發展迅速的南北朝時期，另有一個為學者所關注的焦

2　相關研究簡介見董秀芳（2002：9～13）。

點：東晉南渡之後，政治上形成南北對立。原來的標準語（所謂洛陽舊音）在南北各自經歷了不同的方言或語言接觸，如顏之推所謂「南染吳越，北雜夷虜」，兩者逐漸形成以金陵與鄴下為主的南北通語。此南北語異情況久為聲韻學家所著意，尤其在討論《切韻》性質時成為一個重要課題[3]。不過詞彙方面尚在起步階段，僅有少數學者論及詞彙南北異同。多半孤立討論個別方言詞彙，或僅由兩兩比較單詞入手，披沙撿金，費力大而所得寡。南北語異現象在詞彙部份遲遲未能有所突破，是因為詞彙不像音韻一樣有一個形式上顯而易見的系統性。戴慶廈先生便已經提及[4]：「詞彙比較比語音、語法比較的難度大。這是因為音系、句型的規則有限，其演變規則相對整齊，而且便於形式化；而詞彙是無限的，受外界的影響處於不斷變化之中，形式化的難度較大。」

　　無論是雙音化的發展或是南北詞彙異同比較，解決問題的關鍵在於系統性。我們是否能夠找到一種成系統比較詞彙的方法來解決此一問題？王力先生（1980：536）曾經提醒：「一種語言的語音的系統性和語法的系統性都是容易體會到的，唯有詞彙的系統性往往被人們忽略了，以為詞彙裡面一個個的詞好像是一盤散沙。其實詞與詞之間是密切聯繫著的。」詞與詞間既是密切聯繫，詞彙比較研究應當可以有一套系統研究的方法。觀察南北朝詞彙現象，我們以為此一時期的詞彙特色，正可作為系統研究的基石，中古詞彙正如中古音一般，可為承上啟下的重要樞紐。

---

[3]　早在一九六一年開始熱烈討論《切韻》性質時，學者已論及音有南北，如王顯（1961）、邵榮芬（1961）、何九盈（1961）、黃淬伯（1962）、周祖謨（1963）等。

[4]　見董紹克《漢語方言詞匯差異比較研究》序言。

2 研究對象

　　系統的詞彙研究必然不是孤立地研究單詞，因此我們將以單音詞及其輻射出的雙音組合作為研究對象，討論中古雙音化特色與南北差異兩大問題。

　　本書所謂雙音組合，是指語音形式為兩個音節的詞或詞組，包含了並列、偏正、述賓及連動等各種結構。以「雙音組合」而非「複音詞」為研究對象的原因，是複合詞與詞組界限劃分不易。學者多半從語法結構和意義關係兩方面來分別複合詞和詞組：從語法上看，結構上結合緊密不能分拆者為複合詞。如藥名「紅花」，不能以「的」拆解成「紅的花」。從意義下手，如果不是組成成份意義單純相加，而是並列後表示新的概念、產生新的意義則為複合詞。如複合詞「動靜」指人事物情況，而非「動作」與「靜止」。此外詞頻高低與出現範圍也提供了一些判斷依據。不過在實際操作上仍有模糊地帶，以致對於複音詞和詞組的判別並不一致[5]。單就使用頻率來看，我們所關注的雙音組合便難以符合複合詞標準，因中古雙音詞組往往僅有個位數的出現頻率。然而這正是南北朝雙音化發展特色之一。此一時期既是雙音化發展階段，在這樣一個自由的階段，複合詞和詞組必然存在一個模糊地帶、過渡形式。與其用嚴格的標準界定複音詞，在研究時排除詞組；不如統觀所有結構，將更有新發現。

---

[5]　有關詞與詞組判斷標準可參考高明（2008：151～152），文中整理了馬真（1980）、程湘清（1982）、王寧（1997）、伍宗文（2001）、胡敕瑞（2002）各種具有代表性的判斷方法。然最後結論仍為：「但從這些判定方法的內容來看，所有的分類方法都沒有大到真正意義上的『科學』，沒有一種方法能夠簡單可行，無一例外地將複音詞科學的鑑定出來。」

　　更進一步說，本文研究對象並不限於雙音組合，而是同一聚合內所有單音詞與雙音組合。所謂聚合指的是詞彙縱向的關係。索緒爾在《現代語言學教程》（頁123）中提及語言縱向聚合關係：「在話語之外，詞與詞之間卻獲得另一種關係：有某些共同點的詞在人們的記憶裡聯繫起來，因而形成具有各種關係的詞群……這些在話語之外形成的聯繫和話語之間形成的關係絕然不同。話語之外的聯繫不是線性的，他們只存在人們的頭腦之中，構成每個說話人內部語言庫的一部份。」聚合便是詞彙按照一定的共同點聯繫起來，這種共同點可以是語音、語義結構等方面。本文探討的聚合關係乃專就詞義而論。就詞義來看，聚合關係又有上下義關係、部份與整體關係、反義關係與同義關係[6]，我們將先探討其中具有同義關係與反義關係的部份。

　　前賢已略見此聚合研究的重要性，如，萬久富（2006：108）曾經提到《宋書》複音詞的聚合關係：「漢語中的詞不是孤立的存在，他們處在相互的聯繫之中，一組組有關連的詞，組成一個個不同的語義場，這是詞的聚合關係。」（頁108）他以列舉方式說明，如有「奉承、順從」義之「阿諛」、「阿順」、「阿媚」為「同義複音詞聚合」；而以「愚蠢義」之「迷昧」、「茫昧」等詞與「聰明義」之「聰敏」「聰悟」等詞為「反義複音詞聚合」。不過這樣的分析還有可深入之處。在這兩類聚合中，我們將先以同義聚合為主要研究對象，接著藉反義並列系聯有反義關係聚合來。以萬氏「愚蠢」與「聰明」的反義聚合為例，萬氏舉出《宋書》有「迷昧」、「茫昧」、「愚迷」、「愚淺」、「愚狡」、「愚蔽」、「闇淺」、「闇塞」、「闇拙」。中古其他文獻中還能看到表愚昧義的同義雙音組合「愚陋」、「愚暗」、「愚惑」、「愚騃」、「眷愚」、「愚眷」、「愚頑」、「迷荒」、「荒迷」、「迷

6　見張鳳珍（2009）頁69。

惑」「迷暗」、「駑鈍」、「駑劣」等等。《宋書》中表聰明義的同義聚
合有「聰察」、「聰敏」、「聰睿」、「聰識」、「聰悟」、「察亮」、「明
察」、「明慧」、「明敏」、「明審」、「明曉」、「明穎」。中古其他文獻
中尚有「聰明」、「聰哲」、「聰惠」、「聰達」、「聰慧」、「聰朗」、
「巧慧」、「敏慧」等，雙音組合非常豐富，可為研究中古詞彙之最佳
對象。此外，還有一種反義並列的聚合值得注意，亦即上述聰明與
愚蠢兩個反義聚合中，部份單音詞又有可以分別組成反義並列組合
的例子，如「迷悟」、「頑慧」、「愚慧」。這些反義並列可以提供相
當豐富的訊息，一者可幫助我們列出反義聚合，如「迷」與「悟」；
「頑」、「愚」與「慧」。再者，反義並列的聚合也能回過來補充同
義詞的訊息，如「迷」、「頑」、「愚」為同義；「悟」與「慧」為同
義。因此本書在同義聚合研究後將接續研究反義聚合中所有的單音詞
與反義並列雙音組合，以期收事半功倍之效。

3　前人研究概述

近年來有關中古詞彙部份研究逐漸展開，在專書詞語考釋研究[7]、

---

[7]　考釋專書中以《世說新語》為大宗，如徐震堮（1979）、周生亞（1982）、許威漢
（1982）、郭在貽（1984）、殷正林（1984）、方一新（1988）、蘇寶榮（1988）、蔣
宗許（1992）、吳金華（1994）、張振德、宋子然（1995）高先德（1985）、劉瑞明
（1989）、韓惠言（1990）、程湘清（1992）、張鴻魁（1992）、張萬起（1995）從
詞語解釋、新詞新義、構詞法、詞序等方面研究《世說新語》詞彙；他如《抱朴
子》－董玉芝（1994）、張立華（1994）；《齊民要術》－柳士鎮（1989）、汪維輝
（2007）；《水經注》、《洛陽伽藍記》－范祥雍（1958）、周一良（1980）、化振紅
（2001）；《顏氏家訓》－馮春田（1990）周日健、王小莘（1998）魏達純（1993）。
各書均有多位學者研究。

專書辭典編纂[8]、專書比較研究[9]、特定類別文獻詞語[10]、及通論中古魏晉南北朝詞語[11]等方面累積了豐碩的成果。至於常用詞、白話俗語乃至域外借音等亦有學者論述研究[12]。大體以考釋詞語義、分析詞語結構、研究新詞新義嘗試揭示中古時代特色的語詞為主要內容。不過針對中古詞彙的雙音化現象與詞彙南北異同兩大問題上，還有許多可深入研究之處。綜觀前人中古詞彙研究，罕能同時考量中古雙音化與南北差異。有研究雙音詞現象者，也有研究南北異同現象者，固皆有可進一步探討處。然而，但最重要關鍵是中古詞彙研究必須兼顧二者，這也是本書研究方法與過往研究最大不同之處。以下略述前人雙音詞研究與南北比較研究，最後闡述說明研究中古詞彙必須同時考量雙音化與南北異同之重要性。

8　如張永言《世說新語辭典》、張萬起《世說新語詞典》。

9　如柳士鎮（1988）比較《世說新語》和《晉書》；王啟濤（2000）比較《文心雕龍》與《出三藏記集》。

10　注釋類文字已為學者著意，如張猛（1987）、何志華（1989）、王霽雲（1993）之研究郭璞注。佛典因性質特殊久為學者所注目。有朱慶之《佛典與中古詞彙研究》、李維琦《佛經釋詞》、《佛經續釋詞》、俞理明《佛經文獻語言》、梁曉虹《佛教語的構造與漢語詞彙的發展》與顏洽茂《佛教語言闡釋—中古佛教詞彙研究》。其他特殊性質的文獻亦多有學者留意，如王云路（1995）、俞理明（1994）（2001）研究道教《太平經》。乃至顧久〈六朝法帖詞語小釋〉、陳松長〈二王雜帖語詞散釋〉研究書法作品中的詞語。王啟濤《中古及近代法制文書語言研究》則研究法律條文。詩歌小說與史書研究亦不乏其人：如王云路《漢魏六朝詩歌語言論稿》、王云路《六朝詩歌語詞研究》、張聯榮〈魏晉六朝詩詞語釋義〉、樊維綱〈晉南北朝樂府民歌詞語釋〉、王云路〈中古詩歌附加式雙音詞雙音詞舉例〉；江藍生《魏晉南北朝小說匯釋》。取材史書詞語如劉百順《魏晉南北朝史書詞語考釋》與方一新《東漢魏晉南北朝史書詞語箋釋》。

11　蔡鏡浩《魏晉南北朝詞語例釋》、王云路、方一新《中古漢語語詞例釋》。

12　如汪維輝《東漢—隋常用詞演變研究》、李宗江《漢語常用詞演變研究》、郭在貽〈六朝俗語詞雜釋〉、王繼如〈中古白話語詞釋義獻疑〉、張昌盛〈晉書佛圖澄傳之羯語來源〉。

　　有關中古詞彙雙音化現象研究部份，以研究對象的範圍界定最為關鍵。如前所述，中古處於雙音化發展迅速階段，表達同一概念時往往隨意組合同義近義的單音詞，也因此而形成許多相關的雙音組合。若能以同義聚合方式研究這些單音詞與雙音組合，則能清楚了解中古詞彙雙音化情況。從另一方面來說，研究雙音詞若未能以同義聚合統合，則不免闕漏。這是研究中古雙音詞尚待深耕的部份。

　　中古詞彙雙音組合如此多樣，研究中古詞彙學者或多或少已經述及此一現象：如高明（2008）曾經指出中古史書複合詞詞義構成特點有三：首先提出「複合詞中同義複詞非常豐富」。舉「析」與「別」構成之「析別」；「改」與「革」構成之「改革」；「鳩」與「集」構成之「鳩集」（頁170～172）等為例。其次謂「中古史書複合詞中的同素異序詞非常多」。如「識認」、「認識」；「齊整」、「整齊」；「染污」、「污染」（頁177～178）等。第三種特點則為「中古史書複合詞中由一個同義詞作為詞素相互組合成的複合詞很豐富」（頁181）。如「造起」、「營起」、「造立」、「修起」；「修理」、「修整」、「修完」；「比再」、「頻再」、「仍續」、「頻續」等。這三個現象中，第三項便是我們所指出的中古雙音組合樣式非常豐富的體現，且其他兩項也是由此而產生。如以第一項所謂「析別」而言，僅就《宋書》來看，就有「分別」、「別離」、「離別」、「離析」、「分析」等相關雙音組合。再以「改革」而言，《宋書》更有「變易」、「易變」、「變革」、「革變」、「改變」、「變改」、「革易」、「改易」、「改革」等。不單是能構成個別的同義複詞，更是能有豐富的雙音組合。而第二項的同素異序詞也不是特別現象，由於同義詞能夠相互組合，自然便有許多同素異序詞如「別離」、「離別」；「變易」、「易變」等，不須特意尋找，只在同義聚合中便能得著。

　　宋聞兵《宋書詞語研究》從構詞語素的能產性切入討論：「《宋

書》中湧現出許多雙音新詞」（頁116），列出許多雙音新詞。然而因為切入角度的侷限，使得他無法看到中古雙音結構所引申出的聚合關係與網絡性。單只討論某些構詞語素的結構，往往見樹不見林，甚且認為只是《宋書》特有的現象。如宋氏以為：「『奔』作為一個動詞性構詞語素在《宋書》中頻繁活動並構成大量的雙音新詞，這既與『奔』中古時候的多義性有關，也存在著《宋書》文獻性質的影響」（頁125）。實則考察中古文獻與「奔」相關雙音組合也同樣能夠歸納出網絡狀的聚合關係（詳見第三章討論）。不過在宋氏所指的《世說新語》、《高僧傳》、《顏世家訓》等書「奔」的組合數量上少於《宋書》，此與文獻的字數多寡有關，而不僅限於某類文獻。

　　有些作者雖未強調中古同義聚合現象，然而展讀他們所整理出的詞彙，也能發現此類同義聚合，如李麗（2006）分析《魏書》詞彙時也觸及此點。以「沖」為中心語素的新興詞語有「沖弱」、「沖昧」、「沖年」、「沖孺」等（頁89）；以「款」為中心語素，表「降服、歸順」義的有「款服」、「款附」、「歸款」、「款順」等（頁96）。再者，從周俊勛（2006）研究魏晉南北朝志怪小說的資料中，也可以找到同義聚合的例證。如書中提出之「求索」、「尋索」、「尋求」、「尋覓」；「飲食」、「食飲」、「飲啖」；「啖食」、「食啖」等（頁428～421）。可見此為中古時期詞彙的普遍情況，應以同義聚合的角度系聯雙音組合與相關單音詞作為研究對象。

　　近年來，研究雙音詞學者已經漸漸注意到同義聚合。萬久富《宋書複音詞研究》從聚合關係角度切入，看出：「《宋書》中同義、反義複音詞所構成的語義場與先秦漢語和現代漢語相比較，表現出特殊的面貌。」同義複音詞部份舉了三組例證。楊會永（2005）則專章研究《佛本行集經》之同義詞聚合。利用行文的間隔或連用幫助對於同義詞的判定、以定量分析法說明比較同義詞聚合。考其類型分布有雙

詞的ＡＢ＋ＡＣ（如「造立」與「造作」）、ＢＡ＋ＣＡ（「依行」與
「奉行」）、ＢＡ＋ＡＣ（「報答」與「答對」）、ＡＢ＋ＣＤ（「晨朝」
與「清旦」）乃至有三詞（如「炎光」、「光明」、「焰光」）多詞（如
「穌醒」、「醒覺」、「覺醒」、「醒悟」）聚合。最後並和現代漢語作歷
時比較，研究同義聚合的演變情況。可見此種豐富多樣的聚合現象為
中古漢語一大特色。然兩位先生以複音詞研究為主，若能與單音詞互
相參證，再置於整體雙音化的架構下來觀察研究，更能有所得。

　　總而言之，中古詞彙雙音組合多樣的特殊現象，學者雖然或多或
少看到部份的事實，但尚未從整體的角度給予適當的描寫。或僅止於
舉出幾組例證，而無完整歸納描述。未著眼雙音組合所提供系聯同義
聚合的鏈結，也未統整相關單音詞研究，從而無法將所得資料由點而
線而面的擴展成詞彙網絡。在雙音化發展階段，人們自由的將相關單
一詞組合成雙音結構。時至今日，我們逆向去解構這些雙音組合，可
以發現中古詞與詞間的關連。配合單音詞研究，藉由橫向的組合關係
與縱向的聚合關係，我們便能夠連點成線、繫線成面，建構出一系列
詞彙網絡來。

　　至於詞彙南北異同方面，目前研究方興未艾，學者已漸注意到南
北差異問題。王東（2006：512）指出：「中古漢語研究學界已經開
始注意探究北朝通語和南朝通語以及各地方言在語音、詞彙、和語法
諸方面的具體差異。可以說探討南北朝時期漢語的南北差異將是今
後一段時期中古漢語研究界的重要趨勢。」就研究方法來看，大抵有
文獻考據與比較研究法兩大類。以文獻考據為主者，如王東、羅明
月（2006）從文獻資料入手，廣泛收集傳世文獻[13]中有關南北方言的

---

[13] 據王東、羅明月（2006：513）文中所甄別出的南北方言詞語之文獻，有以下各種
　　類型：「筆記小說、史書、詩歌、醫書、雜著、亦佛亦漢的混合式特殊語言形態的
　　著作、漢譯佛經、道教經典、碑刻、注釋資料等」。

記錄。王東（2008）並將所得資料加以分析歸類，指出南北的同義異詞、常用詞演變差異；並有新語詞、方言詞、非漢語成份等等，所得成績斐然。然而此法披沙揀金，往往須要花費許多尋揀工夫，而未來能夠增加的資料量也有限度，不能形成系統研究。所得資料多屬標明語詞發音人身分如「巴人」、「蜀人」、「吳人」、「楚人」、「秦人」、「鮮卑」、「突厥」等；或指出南北地域如「江南」、「吳中」、「河東」、「南」、「北」等，若無此類關鍵詞則難以尋出。

　　比較法則是各取若干南朝文獻與北朝文獻，以個別詞語或一同義聚合為比較對象。文獻資料部份，除了代表南方的《宋書》與北方的《魏書》常為比較對象之外。其他常見的南方文獻為：《世說新語》、《高僧傳》、《周氏冥通記》、《菩薩善戒經》、《百喻經》、《阿育王經》等。常見的北方文獻則為：《水經注》、《洛陽伽藍記》、《齊民要術》、《賢愚經》、《雜寶藏經》、《金色王經》、《伽耶山頂經》、《銀色女經》及其他北朝詩文[14]。

---

[14] 汪維輝（2007）專節討論北方的《齊民要術》與南方的《周氏冥通記》。蕭紅（2010）比較第一第二人稱代詞的南北差異時，亦以《齊民要術》與《周氏冥通記》為比較。不過已經增加不少參考資料，如北方的《洛陽伽藍記》、《水經注》、《賢愚經》、《雜寶藏經》、《伽耶山頂經》、《銀色女經》及其他北朝詩文；南方則增加《世說新語》、《百喻經》、《宋書》、《高僧傳》與南方詩文。劉海平（2011）則是以四部書為比較基準：北方以《齊民要術》《洛陽伽藍記》為代表；而南方以《世說新語》《周氏冥通記》為代表。李麗（2006）比較《宋書》和《魏書》。到了李麗（2010）除兩書外更加參考北方的《水經注》、《洛陽伽藍記》、《齊民要術》、《賢愚經》、《雜寶藏經》、《金色王經》；南方的《世說新語》、《高僧傳》、《周氏冥通記》、《菩薩善戒經》、《百喻經》、《阿育王經》等。羅素珍（2007）比較南方《世說新語》與北方《洛陽伽藍記》的語氣詞「邪（耶）」。在羅素珍、何亞南（2009）也加大範圍比較南方《世說新語》、《幽冥錄》、《異苑》、《宋書》與北方《洛陽伽藍記》、《水經注》、《齊民要術》、《魏書》中的語氣詞「耳」、「乎」。蕭紅（2010）則以《世說新語》、《百喻經》、《宋書》、《高僧傳》及其他南朝詩文為南方代表；北方文獻則為：《洛陽伽藍記》、《水經注》、《賢愚經》、《雜寶藏經》、

　　在研究對象部份，個別比較單詞的大略有兩種方式：有比較其中
所有詞語，找出只出現於南方或北方的「特用詞語」；或是以同一概
念的一組詞為研究對象去尋繹南北詞彙是否有別。比較兩地「特用詞
語」的做法，固然可以尋找出確定的南北詞彙。然而以地毯式搜尋比
較所有詞彙，往往用力甚多而收穫甚少。如汪維輝（2007）專節討論
北方的《齊民要術》與南方的《周氏冥通記》，得出《齊民要術》所
採北方特用詞語有「不用」、「斷手」、「對半」、「渾脫」、「傷」（表
太超過義）、「歲道」、「外許」、「尋手」、「預前」、「在外」，均未見
於同期南方文獻；而《周氏冥通記》中南方特用詞語則有「不展」、
「承按」、「戴屋」、「道義」（指道友）、「惡」（不舒服）、「里屋」、
「眠床」、「眠衣」、「眠衣服」、「儂」（我）、「畔等」、「聲叫」、
「五尺」、「尋覓」、「艷」（火焰延伸）、「伊」（他）、「姨娘」、「准
擬」，亦不見於同期北方文獻（頁95～103）。然而統計所得南北差
異僅得二十八例。李麗（2006）尋繹《宋書》《魏書》分別保存了具
有地域特徵的語詞。《魏書》有「別」、「鎮」、「儲兩」；《宋書》有
「換」、「奔」、「與手」、「肉薄」等，例證亦少（頁112～116）。此法
費時費力所得彌足珍貴，但無法形成系統研究為其缺點。

　　以「同義異詞」即同一概念的一組詞考察南北的異同，也有數篇
成果。汪維輝（2007）就「經－曾」，「許－此」、「喚－呼」、「覓－
求」、「進－入」、「猶－仍」、「別處－餘處」等同義詞考察：《周氏
冥通記》多用前例新詞，而《齊民要術》多用後一舊詞，故推論北方
多用舊詞，而南方用新詞（頁103～111）。李麗（2006）則統計「蠕
蠕－芮芮」、「此－此許」、「體解、開解、相體－相體」、「平曉、向

────────────

《伽耶山頂經》、《銀色女經》及其他北朝詩文。

晨－平明、向曉、朝來」《魏書》多用前一組而《宋書》多用後一組
（頁117～118）。以這種方式比較南北之難處，在比較書數不多時，
往往例證不夠豐富。如汪維輝（2007）所得例證除了「入」有三十四
例外，餘均不滿十例。李麗（2006）所舉之例詞頻亦不甚高。若是擴
大研究範圍，又有文獻性質不同之問題。往往因為例證數量不大，偶
有一二文獻數量略高，便影響統計數字甚巨。如李麗（2011）比較兩
書「矢－箭」的使用情況時，認為：「表示武器名稱箭，南方漢語傾
向于『矢』，北方漢語傾向于『箭』。」若以史書類來觀察，《宋書》
「矢」、「箭」出現次數分為四十五例與十八例（比例為0.71：0.28）；
而《魏書》「矢」有五十二例，「箭」有二十例（比例為0.72：
0.27），南北比例相去不遠。但若加入其他文獻，尤其是北方的佛典
後比例完全改變。如《賢愚經》「矢」僅一例；而「箭」有十五例。
《雜寶藏經》無「矢」用例；而「箭」有十六例。使得「箭」的比例
高於「矢」。造成這種差異的原因在於佛經較偏口語。關於此點，陳
秀蘭（2004）已經提出不少魏晉南北朝文與漢文佛典在常用詞使用上
的差異。其中就單音詞而言：「魏晉南北朝文多使用上古佔優勢的詞
語，同期漢文佛典多用白話詞彙。」（頁95）然李氏未慮及此文獻性
質差異，全文依賴定量研究，一、二性質不同的文獻用例，足以影響
整體比例。其結論：「表示武器名稱，南方漢語傾向于『矢』，北方
漢語傾向于『箭』」便有可議之處。如東晉罽賓三藏瞿曇僧伽提婆譯
的《中阿含經》屬於南方文獻，「箭」有四十六例，若加入此書，勢
必顛覆李氏結論。

　　由此可見，若以單詞為研究對象有許多不足之處，中古詞彙研
究必須以一聚合中的成員為研究對象。目前研究中最善者首推李麗
（2006）比較分析兩書有關受官任職語義場以及假設連詞語義場。以

聚合方式而非二、三單詞比較南北異同。李麗於書中指出兩書「授官
任職語義場」內包含「授官子語義場」以及「任職子語義場」兩個子
語義場，而前者又可依是否涉及官職變動分為兩個授官子語義場。然
而無論是《魏書》或《宋書》，李氏將目光絕大部份都投注在單音詞
上。多談單音節的「拜」、「授」、「徵」、「召」等；少數的雙音詞僅
有「起家」、「解褐」。實則《宋書》《魏書》述及受官任職時也有不
少雙音結構是由單音節並列而成，如「拜授」、「假授」、「徵召」、
「辟召」、「徵辟」等，這些結構和單音詞也在同一語義場內，惜李氏
未加探究。至於研究假設連詞語義場，雖述及雙音連詞「脫若」「如
脫」等。然僅羅列用例與統計數量，亦未能深入研究單音假設連詞與
雙音連詞之關係。可見比較南北異同，必須將此一問題置於雙音化的
主軸下來觀察，才能得其全豹。如陳秀蘭（2004）考慮到六朝時雙音
化發展迅速，在比較魏晉南北朝文與漢文佛典在常用詞使用上的差異
時，不但研究「焚」－「燒」；「盈」－「滿」；「自」－「從」等單詞的
差異；也同時考量了相關雙音詞[15]。由此比較出「盈」的構詞能力強
於「滿」。而以雙音詞「自從」的例證尚少，推論其處於發展時期。
陳文考量雙音化的過程，因此能夠深入解讀部份現象背後的意義。不
過陳氏將魏晉南北朝文和漢文佛典相較，固然可以看出佛典較為口語
化的部份。但就南北朝文獻來看，常用詞的更替是否也有南北異同也
值得探索，未能將南北文獻分別析開，便無法研究南北異同。

　　李麗與陳秀蘭研究有待加強處，正是中古漢語詞彙研究的不足
處。研究中古詞彙，雙音化與南北差異的問題必須要放在一起討論。
李氏研究南北差異而未慮及雙音化現象；陳氏比較六朝中土文獻與佛

---

15 如考察「焚」－「燒」例時，也比較雙音詞「焚燒」、「燒焚」、「燒燃」、「燔燒」、
　「然燒」、「燒燔」、「燒然」、「燒燃」。（頁92～93）

典詞彙，同時注意到了兩者雙音化不同，卻未考量南北朝時期，中土文獻亦有南北差異。若要研究中古詞彙特色，必然不能偏廢一方。處在漢語詞彙雙音化迅速發展中的南北朝時期，既然有金陵鄴下兩大雅言，那麼雙音化發展是否也有南北異同，是個值得關注的議題。本文研究雙音化問題時同時述及南北差異；在比較南北異同時，也反過來關照雙音化的影響，以期能夠更深入而全面的了解中古詞彙。並將在尋繹出中古詞彙特色後，以此特色做更深入之應用研究。所以這是一個具有豐富意涵值得深入研究的課題。

4　研究目標與方法

本書以個案討論方式，在前人中古語詞考釋成果上利用電子語料庫輔助，兼顧定量與定性，結合共時、歷時比較的方法系統研究南北文獻同一聚合內所有單音與雙音結構；並佐以訓詁考證，溯源討流，期能顯示中古詞彙雙音組合豐富與南北大同小異的特色。

本書研究中古詞彙特色，屬於漢語史的研究。蔣紹愚（2007）曾指出漢語史研究不能僅由若干例句推論，而必須由一部部專書全面研究而得出結論。將各專書的語言現象弄清楚，對各個歷史時期的語言面貌就有了比較具體的了解，再把各時期系聯起來，便能較清楚而全面的勾勒出漢語歷史發展的輪廓。這種由專書出發由點而線而面的研究是研究詞匯史的方法之一，必須集眾人之力方能有成。可喜的是，近年來除了前文述及的中古專書研究之外，在複音詞方面已經有不少博碩士從事中古專書研究[16]。在這些研究基礎上，以全新的觀點作通

---

[16] 碩士論文如鄧志強（2001）研究《幽明錄》；覃代龍（2002）研究《根本說一切有部毗奈耶破僧事》；王萍（2004）研究《洛陽伽藍記》；殷靜（2005）張清華（2008）研究《爾雅》郭注；孟曉妍（2005）研究《方言》郭注；成妍（2005）研

盤的考量，以個案取樣研究便能發掘出中古詞彙特色。並能利用此一特色，開展出應用研究，與其他方面的語言學研究結合，如詞彙網絡、南北差異系統研究與古漢語詞彙教學等。因此本書雖然以個案研究為主，並非如盲人摸象一般，只以個別的表象論斷整體，而是深入研究肌理，探求耳目手足各部份共同的基因。如是則雖未嘗見全牛，而其義可得矣。

由上述前人研究的討論中，可以發現在研究中古詞彙時，最重要的是必須同時考量雙音化與南北異同問題，這便是本書據以研究中古詞彙的全新觀點。必須注意到南北朝時期，是漢語詞彙由單音節為主過渡到以雙音節為主的重要演變階段，同時也不能忽略當時有金陵鄴下兩大通語的不同。因此研究時首先必須定位文獻南北，其次必須以聚合為單位，同時探討比較聚合中的單音詞與所有雙音結構。以探討整個中古詞彙的共通特色。

確定立足點之後，便是蒐集語料統計分析。現代由於有電子語料庫的協助，研究中古詞彙的學者能夠對傳世的文獻作一個普查，然而傳世文獻數量相當龐大，因此在統計方法上仍有需要注意的地方。以雙音化研究而言，李仕春（2007a）（2007b）（2007c）三篇文章統計前人許多專書研究的成果，使學者討論上古到中古複音化現象，能夠有定量的依據。然若僅比較一本書中單音詞總詞數和雙音詞總詞數，以兩者比例作為判斷雙音化快慢的基準，卻有統計上的問題。不論單音詞出現次數多少都只算一次，在雙音詞樣式與數量都不多的時候，

究《抱朴子內篇》。博士論文方面有楊會永（2005）《佛本行集經詞匯研究》；胡曉華（2005）《郭璞注釋語言詞匯研究》；張悅（2006）《從三國志洛陽伽藍記水經注看魏晉南北朝漢語雙音合成詞的發展與演變》。《宋書》《魏書》也有三位博士論文討論：萬久富研究《宋書》複音詞、呼敘利專就《魏書》複音同義詞一類加以研究，而李麗除了研究《魏書》詞彙外更將《魏書》和《宋書》、《北史》參較，嘗試作跨地（南北）與歷時（南北朝和唐代）的比較研究。

問題還不被凸顯。但隨著雙音詞樣式增多，單音詞並未增加，便會誤以為複音詞發展的速度快速增加。實則若統計單音詞所有出現次數與雙音詞的出現次數，便會發現中古文獻的雙音詞佔所有詞彙的比例還只是緩慢增加並未突然暴衝。

在定量研究方法上，本文使用中央研究院的「漢籍資料庫」與香港中文大學的「漢達文庫」，利用電子資料庫檢索幫助在短時間內處理大量語料。在討論雙音化速率問題時，則以個案調查方式全面的計算了《史記》、《宋書》、《魏書》同一聚合內所有單音詞與雙音組合的詞頻，以此管窺上古到中古的雙音化發展情況。

除了定量研究之外，也重視定性討論。詞彙的比較有時不能只靠數字說話。以「眼」為例，與「目」相較為新興詞。《宋書》中「眼」出現了十七次；而《魏書》「眼」中出現了七十二次。單就數量而論，或以為《魏書》的「眼」「目」更替速度較《宋書》迅疾。然考諸兩書例證，《魏書》出現的「眼」多為人名，如楊大眼、傅豎眼、駑小眼；或俗語如千里眼、白眼羌，尤以人名佔了絕大多數。而《宋書》中，除了佛家語「五眼」及俗語的「四眼龜」、「六眼龜」、「鵝眼錢」之外，也有「眼足」、「眼目」、「眼精」、「決眼」等雙音結構，單音詞中替代「目」的用法也不乏其例（例1～3）。由此看來，《宋書》「眼」的出現範圍較《魏書》為寬，其替代度較高。因此在詞彙研究時，定量研究能夠幫助證明論點，卻不能作為唯一的論據。

1. 元帝以咸寧二年夜生，有光照室，室內盡明，有白毛生於日角之左，**眼**有精光燿。（《宋書・符瑞志》）

2. 炳之所行，非曖昧而已，臣所聞既非一旦，又往往**眼**見，事如丘山，彰彰若此，遂縱而不糾，不知復何以為治。（《宋

書‧庾炳之傳》）

3.上嘗歡飲，普令群臣賦詩，慶之手不知書，**眼不識字**，上逼
令作詩。慶之曰：「臣不知書，請口授師伯。」（《宋書‧沈
慶之傳》）

　　現代詞彙學諸多理論能夠幫助我們更深入解釋許多詞彙現象。如
以「義位」為討論單位，而非以「詞」作為單位，在系聯詞彙網絡時
可以幫助我們清楚的劃分出不同的延伸方向。正如蔣紹愚（2007：
37～38）所言：「在討論詞義的發展變化和同義詞、反義詞等問題
時，都不能籠統地以詞為單位，而要以義位為單位。」「這樣的區
分，有助於消除傳統訓詁學中的一些模糊、不精確之處。」不過我
們也將參考傳統訓詁學在詞義考釋方面的豐碩成果。汲取《爾雅》、
《說文》及諸經傳訓詁中對於同義詞辨析的資訊，與雙音可否組合能
夠互相參證，在方法上結合現代理論與古代之古訓。

　　在共時的討論上，中古詞彙研究必須要注意到的是佛經和中土文
獻性質不同的問題。佛經中有較多口語性的詞彙，在比較統計時必須
要和中土文獻分別開來，以免影響整體數據。此外也要考量歷時問
題，必須和先秦兩漢文獻相比對，找出哪些是承繼古語的部份而哪些
是創新的部份，從而比較南北在承繼與創新上的差異。

　　本書共分六章，第一章緒論，說明研究動機、對象與方法目標，
並針對中古雙音化與南北異同比較兩大議題簡述前人研究。第二章以
「救」為例說明中古同義聚合中雙音組合樣式豐富與南北大同小異的
兩大特色。第三章從單音詞「奔」、「止」出發，探討豐富的同義雙
音組合能夠不斷延伸出新的詞彙網絡，並說明其中南北異同的現象。
第四章以反義並列組合為基礎，探討中古雙音組合的聚合現象，其中
「人民」義的聚合可以反映出南北社會文化的異同。第五章則結合歷

時更替研究提出研究中古詞彙南北差異的新方法。第六章為結論，除
了總結中古詞彙特色之外，也提出未來可能延展的研究方向。

第二章
由微知著看中古兩大詞彙特色

中古[1]詞彙已有不少研究基礎，在這些資料上，若能同時關照雙音化演變與南北異同，則能清楚看出中古詞彙有兩大特色。其一為雙音組合的出現頻率雖少於單音詞，但樣式非常豐富。進一步比較同義聚合時，更能發現南北「大同小異」的現象。研究中古詞彙的學者或多或少已經描寫了這些現象的部份面向，我們將更進一步整合並給予清楚定位。

在漢語詞彙雙音化的歷程中，南北朝為一重要時期。劉承慧（2003）指出中古晚期的南北朝，雙音詞比例顯著提高。魏培泉（2003）亦指出中古漢語（東漢魏晉南北朝）雙音節複合詞大量增加。這種雙音組合大量增生的情況，為中古詞彙特有。萬久富（2006）曾比較上古中古與現代雙音組合情況，以《宋書》之哀傷感傷義、奉承順從義、出類拔萃義等三類同義複音詞聚合，發現各聚合內皆有相當數量雙音組合。再與《史記》與《現代漢語詞典》的詞目比較，發現《宋書》的複音聚合約只有百分之十出現在《史記》中，亦即有相當數量為新興的雙音組合。另一方面，這些複音組合也只有近百分之二十存活在現代漢語中[2]。可見「《宋書》可以反應中古漢語語素構詞能力強，各語素處於明顯的組合、選擇階段。進而說明了此期是漢語複音詞的一個重要的繁殖增長期。」（萬久富2006：

---

[1]　在未能全面討論詞彙特點之前，本文先採用魏培泉（2000）的分期，魏先生以語法角度分析，將東漢魏晉南北朝歸於中古漢語，而西漢以前則為上古漢語。

[2]　詳細詞目與數字見萬久富（2006）《宋書複音詞研究》鳳凰出版社，頁108～116。

116）。這種雙音組合多樣的現象，不單單限於《宋書》。南北朝時期處於雙音化的發展階段，少許相關單詞便能夠形成多樣的雙音組合。單以「踴」、「踊」、「躍」、「騰」、「跳」等形成的並列結構而言，中古有「騰躍」、「騰跳」、「騰踴」、「騰踊」、「踊騰」、「踊跳」、「踊躍」、「踴躍」、「跳騰」、「跳踊」、「跳躍」等組合。而上古文獻只有「騰躍」、「騰踊」、「踊躍」、「跳躍」等。現代漢語中則僅「跳躍」與「踴躍」常見。這種豐富多樣的雙音組合是中古詞彙普遍現象，如「觀」與「望」在中古時期也有許多雙音組合：「觀視」、「觀察」、「觀看」、「觀矚」、「眺望」、「盼望」、「冀望」、「矚望」等。且不僅動詞隨捻即是，其他詞類亦皆如是：如形容詞「清」、「亮」、「直」、「賢」、「昭」、「高」、「忠」、「貞」、「雅」、「剛」等組合：「清亮」、「亮直」、「直亮」、「賢亮」、「昭亮」、「高亮」、「忠亮」、「貞亮」、「剛亮」、「清雅」、「清直」、「清貞」、「清高」、「剛直」、「貞剛」；名詞「閣」、「宇」的相關組合有：「館閣」、「臺閣」、「樓閣」、「城閣」、「觀閣」、「齋閣」、「邸閣」、「城宇」、「盧宇」、「庭宇」、「居宇」、「第宇」、「堂宇」、「廳宇」、「齋宇」、「牆宇」、「房宇」、「屋宇」、「觀宇」、「宅宇」、「棟宇」、「室宇」等。從上古到中古以至現代漢語，雙音組合樣式的總量呈現一種兩端少而中段多的橄欖球形，中古產生了許多上古未曾出現的雙音組合，可以歸類成一組組的同義聚合。

　　不過若考究中古時期雙音組合和單音詞的出現頻率，則單音詞詞頻仍然較高。邱冰（2010）利用「雙音詞」比重的方法，以雙音詞所覆蓋的字數佔總字數的比例計算。考出中古中土文獻的雙音詞比重約在四成上下[3]。並比較上古雙音詞比重，做出結論：「雙音詞大致以一

---

[3]　邱冰（2010：32）列出《論衡》的雙音詞比重為百分之四十點六；《三國志》的雙

種平穩而且緩慢的速度發展。上古時期以單音詞為主，到了中古時期，雙音詞所佔比重雖然有所增加，但是依然沒有改變以單音詞為主的面貌。」（頁32）由此看來，本時期單音詞詞頻仍高於雙音組合。綜觀雙音組合比例和樣式，中古時期雙音化仍處於興起發展階段，雙音組合處於自由組合階段，樣式眾多便無法定於一尊，也因而無法取代單音詞地位，是以中古時期仍以單音詞出現比例較高。這些豐富多樣的雙音組合在語言經濟原則制約下，到中古以後只剩下少數，從而能夠取代單音詞的地位，形成現代漢語以雙音詞為主的面貌。

　　若以同一聚合中南北詞彙差異而言，南北相同的部份佔全體比例之大多數，多半為單音詞與上古時即已出現之雙音組合。不單是單音詞的詞頻高；即便是雙音組合，出現的次數也常在二位數以上。此為南北「大同」處。南北有別的部份往往是中古新興的雙音組合，出現的頻次較少，呈現出「小異」的情況。本章將利用「救」的個案研究為主，說明中古詞彙在同義聚合與南北異同兩方面的特色。而在討論過程中也將旁及其他單詞如「防」、「止」、「援」、「助」、「拯」、「濟」、「醫」、「療」、「治」等相關情況，顯明此類特色並非「救」所獨具，而是中古詞彙的普遍情況。

1 「救」同義聚合中呈現雙音組合多樣豐富現象

　　在一個同義聚合中，必須同時觀察比較單音詞和雙音組合，方能見出中古詞彙特色。而在各種結構的雙音組合中，以並列式的雙音組合及組成雙音結構的單音詞最容易形成同義聚合，如「治」、「療」、「醫」等單詞可組合為「治療」、「療治」、「醫療」、「療醫」、「醫治」

音詞比重為百分之四十三點三；《世說新語》的雙音詞比重為百分之四十一點一。

等雙音組合。無論是單詞或是雙音組合，這些詞彙都在同一「醫治」義的同義聚合中。因此我們先由並列結構入手研究同義聚合情況。以下我們將以「救」為出發點輻射研究相關雙音組合。單音詞「救」的義位即有三種，我們將先討論這三種義位間的關聯。接著討論與此相關的三類雙音並列組合，由此可以發現中古雙音組合多樣的現象以及詞彙間綿密的網絡。

1.1　單音詞「救」的語義

中古單音詞「救」有「禁止、止息」、「治療疾病」、「幫助」三種義位。所謂「義位」，據蔣紹愚（2007：37）：「一個詞可以只有一個意義，但多數情況下有多種意義。每一個意義稱為一個義位。」救的三種義位，考諸詁訓與古代文獻皆有例證：一、「禁止、止息」義的訓詁見於《說文》：「救，止也。」。書證則有《論》、《孟》－《論語・八佾》：「季氏旅於泰山，子謂冉有曰：女弗能救與？」句中「救」為勸止季氏之行為。《孟子・告子》：「今之為仁者，猶以一杯水，救一車薪之火也。」「救」為止息一車之火。古注中亦可見此義，如《周禮・地官・司徒序》鄭玄注：「救，猶禁也。以禮防禁人之過者也。」上述資料中的「救」皆為「禁止、止息」義。二、「救」有「治療疾病」之義。《呂氏春秋・勸學》：「是救病而飲之以堇也。」高誘注：「救，治也。」三、「救」有援助義。《廣雅・釋詁二》：「救，助也。」

觀察不同意義的「救」其後所帶賓語不同。賓語大概可分為兩大類，一類為各種災患困乏；而另一類為遭受災患的人物。其中「止」義的「救」後接賓語為各種災患困乏；「援助」義的「救」則以遭受災患的人物為賓語；至於「治療疾病」義的「救」則可兼用兩者。由

賓語類型來看，「治療疾病」義的「救」應當處於一個詞義演變的樞紐位置。以下先討論各類賓語，而後由此討論「救」義的引申變化。

「止息義」的救賓語為各種災難困乏，如下例之饑渴（例1、例2）、弊困（例3、例4）、火燃（例5、例6）、姦亂（例7、例8）等等：

> 1.治此計，權**救饑**爾！無為遂負如來也。（《世說新語》）
>
> 2.貝或如山，信無**救渴**於湯代。（《沈約集》）
>
> 3.四民之業，錢貨為本，**救弊**改鑄，王政所先。（《魏書·高道穆傳》）
>
> 4.朝廷乃至鬻官賣爵，以**救災**困（《宋書·吳喜傳》）
>
> 5.隱之懼有應賊，但務嚴兵，不先**救火**（《宋書·五行志》）
>
> 6.不敢放逸，為求道故，如**救頭然**。（《佛本行集經》）
>
> 7.《春秋》之誅，不避親戚，所以防患**救亂**（《後漢書·梁統傳》）
>
> 8.且原先王之造刑名也，非以過怒也，非以殘民也，所以**救姦**，所以當罪也。（《群書治要》所載《晉書》）

此類「救」的意義為「止息」，有與「止」互文之例，「救寒」與「止謗」互文，「救」、「止」均為「止息」義。

> 9.**救寒**莫如重裘，**止謗**莫如自脩。（《全三國文·王昶·家誡》）

至於「助」義之「救」，其賓語為人物（例1～6）、地域（例7、例8）、時世（例9～11）、朝廷（例12）等，均為遭逢災患者：

> 1.卿欲舉大事，此兒以死**救父**，云何可殺，殺孝子不祥。

（《宋書·潘綜傳》）

2. 則王經忠不能**救主**，孝不顧其親，是國家之罪人耳。（《宋書·鄭鮮之傳》）

3. 往者，北師深入，寇擾邊民，輒屬將士，以**救蒼生**。（《魏書·房伯玉傳》）

4. 布施攝人，戒忍精進一心智慧以**救眾生**。（《佛說超日明三昧經》）

5. 豈惟風雨之旦，猶**救匹夫**，宵夢之言，無欺幽壤。（《徐陵集》）

6. 又廣陵徐靈禮妻遭火**救兒**，與兒俱焚死，太守劉悛以聞。（《南齊書·韓靈敏傳》）

7. 蕭衍遣其平西將軍曹景宗、後將軍王僧炳等率步騎三萬來**救義陽**。（《宋書·中山王英傳》）

8. 太祖嘉其辭順，乃厚賞其使，許**救洛陽**。（《魏書·張濟傳》）

9. 功德寶藏，大悲**救世**，為我尊主常勝天子（《宋書·呵羅單國傳》）

10. 知卿親老，頻勞於外，然忠孝不俱，才宜**救世**，不得辭也。（《魏書·邢巒傳》）

11. 諸葛患之，著正交論，雖不可以經訓整亂，蓋亦**救時**之作也。（《宋書·五行志》）

12. 北中郎將劉遐及淮陵內史蘇峻率淮、泗之眾以**救朝廷**。（《宋書·五行志》）

可兼用兩類賓語者為「治療」義之「救」。其後賓語常為疾病，如例1～4。然亦可以人物為賓語，如例5、例6。

1. 施於法藥壞煩惱，如世良醫**救病**者。(《大集經》)

2. 譬之扁鵲**救疾**以藥，而不信不服，疾之不瘳，豈鵲不妙乎。
（宗炳〈明佛論〉）

3. **救卒死而壯熱者**，礜石半斤，水一斗半，煮消以漬腳，令沒
踝。(《肘後備急方》)

4. 太陽病，發熱汗出，此為榮弱衛強，故使汗出，欲**救邪風**，
屬桂枝湯證。(《王氏脈經》)

5. 李與牧犍姊共毒公主，上遣解毒醫乘傳**救公主**得愈。(《魏
書·沮渠牧犍傳》)

6. 若行正淨，醫藥**救人**，得佛身方正相。(《蕭子良集》)

　　值得注意是葛洪《肘後備急方》有一段：「《兵部手集》救人霍
亂，頗有神效。」此句所治疾病「霍亂」之前有定語「人」。由此可
以推測上述諸例中，原本「救」的賓語為疾病，生病的人本為修飾
疾病的定語。病人因為在線性排列上處於動詞「救」之後，重新分
析後成為「救」的賓語，「疾病」義的賓語便脫落了。因此治療義的
「救」便可以兼帶「疾病」與「人物」兩類賓語。這也正是「救」的
語義由「止息」到「援助」轉變的樞紐。對「疾病」而言「救」為
「止息疾病」；而對病人而言「救」則為「援助病人」了。

　　考察「救」之「止」、「治」、「助」三義位。由音韻來看「救」
與「止」音近，「救」屬幽部而「止」屬之部，在韻上有旁轉的關
係。而「救」為見母，「止」為章母，章系在上古有和舌根音諧聲
的例子，如「旨」與「稽」、「樞」與「區」、「箴」與「感」，故兩
者在聲母上亦有關聯。我們認為「止」應當為「救」的基本義。至
於「治療疾病」義則由「止息」義來。《周禮·天官·瘍醫》：「凡
療瘍，以五毒攻之。」鄭玄注：「止病曰療。」「治療」義原本包含於

「止息」義中。疾病亦為災患之一種，將「止息災患」範圍縮小，則得「治療疾病」之意。若下文言聚集醫生整理藥方，頒佈天下使知「救患」之術，此處之「救患」即「救病」醫療疾病之義。

> 1.更令有司，集諸醫工，尋篇推簡，務存精要，取三十餘卷，以班九服，郡縣備寫，布下鄉邑，使知**救患**之術耳。（《魏書·世宗紀》）

止息災患的用法中牽涉到受災的人事物，因此受災的人事或物可作為修飾語以修飾中心語之災患，先秦文獻中不乏其例。此時的賓語中心語既然是災患，則「救」仍是「止息」之義。有以代詞「其」作定語，如例1例2；有用「之」者，如例3例4；有直接以人事物為定語者，如例5～7：

> 1.不然，利其祿，必**救其患**。（《左傳·哀公十五年》）
>
> 2.兵不解於外，民罷困于內，促耕不解其飢，疾癘不**救其寒**。（《曹子建集》）
>
> 3.翟慮被堅執銳**救諸侯之患**。（《墨子·魯問》）
>
> 4.見侮不辱，**救民之鬥**，禁攻寢兵，救世之戰。（《莊子·天下》）
>
> 5.城門上所鑿以**救門火**者，各一垂水，火三石以上，小大相雜。（《墨子·備城門》）
>
> 6.司爟掌行火之政令，四時變國火，以**救時疾**。（《周禮·夏官司馬·司爟》）
>
> 7.此以抑門人而救**世弊也**。（《論語范氏注》）

這種賓語形式與上述「救人霍亂」的例子一樣，在線性排列上「救」之後為人物等詞。若脫落了其後的中心語（災患等詞）時，此

等人事物在新的結構上成了「救」的賓語,則此種「救」的語義便為「援助救護」了。中古時期這些排列組合均見其例,如下三例便可以有以人物為定語災患為賓語之「救日蝕」,如例1;有以災患為賓語之「救蝕」,如例2;及脫落災患,純以人物為賓語之「救日」,如例3:

1. **救日蝕**,文武官皆免冠,著赤幘,對朝服,示威武也。(《宋書·律曆志》)。
2. 凡**救蝕**者,皆著赤幘,以助陽也。(《宋書·禮志》)
3. 天子**救日**,置五麾,陳五兵、五鼓。(《春秋穀梁傳糜氏注》)

由此可見「救」的三種義位中,「止息」為本義。而止息「災禍」的範圍若特止於「疾病」,則引申出「治療疾病」的義位。遭受災患的人事時地物可以作為修飾災患的定語,在句中出現在災患疾病類的賓語之前。因為在線性排列上出現於動詞「救」之後,因此也造成了重新分析的契機。災患類賓語脫落,則原先為定語的人事時地物等成了新的賓語,使得「救」也產生了一個新的「救援幫助」的義位了。

1.2 「救」的雙音並列結構

「救」的雙音組合中與上述三種義位相呼應的,也分別有三類並列結構。以下將分別討論與「救」相關的「禁止止息」、「治療疾病」、「救援幫助」三類雙音並列結構,並討論由此衍生出的其他雙音組合。

1.2.1 「止息」義的雙音組合及相關延伸

「止息禁止」義的組合最少，僅能與「防」、「止」組合。「防」與「止」均有「止息禁止」義。《說文》：「防，隄也。」「防」由「隄防」阻止水流衝擊的意義引申出「止息」義來。《玉篇》便有「防，禁也。」一解。「救」與「止」、「防」均有互文，與「止」之互文例見上「救寒」與「止謗」互文，而與「防」之互文如下例1，「防」、「救」互文對義。故可為雙音組合。

> 1. 故**防姦**以政，**救奢**以儉。（《諸葛亮集》）

「救」與「止」、「防」互相組合之雙音結構如下例1之「救止」，與例2～3之「防救」。不但組合樣式少，數量亦少，顯示「救」的「止息禁止」這一個義位組合力最弱。

> 1. 越軍大懼，留兵假道。即日夜半，暴風疾雨，雷奔電激，飛石揚砂，疾如弓弩。越軍壞敗，松陵卻退，兵士僵斃，人眾分解，莫能**救止**。（《吳越春秋》）
> 2. 臣官在于改變禳災，思任**防救**，未知所由，夙夜征營。（《全後漢文‧上順帝封事》）
> 3. 且山原為無人之鄉，丘壟非恒塗所踐，至於**防救**，不得比之村郭。督實劾名，理與劫異，則符伍之坐，居宜降矣。（《宋書‧田亮傳》）

上述與「救」組合的「防」、「止」，復可以與具有「禁止止息」義的「禁」、「息」等相互組合，形成「禁止止息」義的「防止」、「防禁」、「止息」、「息止」、「禁止」、「止禁」等，如下各例。除了「禁止」的義位之外，「止」還有其他不同義位，可形成樣式豐富的

不同組合，我們將在下章詳細討論「止」的相關組合。

1. 為欲顯示行者當發起慚愧等清淨心品，**防止**一切無量惡作。（《釋摩訶衍論·觀生門第十二》）

2. 自用賑給，不畏**防禁**，飲食無極，喫酒嗜美。（《佛說無量清淨平等覺經》）

3. 宜**止息**此議，無重吾不德，使逝之後，不愧後之君子。（《全三國文·再讓符命令》）

4. 謂**息止**諸惡不善之法。（《中阿含經》）

5. 減膳撤懸，**禁止**屠殺。（《全後魏文·祈雨詔》）

6. 國寡民稀，**止禁**刑書，鞭杖為治也。（《全晉文·肉刑議》）

1.2.2　「醫療」義的雙音組合及相關延伸

可與「治療疾病」義位「救」相組合的有「療」、「治」。不過就「治療疾病」義的聚合來看，「救」並不是核心成員。為了有一較為全面的觀察，本節將研究範圍擴大到「醫」、「療」、「救」、「治」等單音詞及其相互組合之雙音結構。在這個大的框架下我們能夠更清楚的看到「救」以及相關雙音組合的定位。

「醫」、「療」、「救」、「治」「都有「治療」義。《說文》謂：「療，治也。」又謂：「醫，治病工也。」「療」為動詞，「醫」為名詞。由《說文》釋文可見「治」有「治療」義，此一「治療」義由則由「處理」義來。考諸《說文》「治」作為被釋字時僅列出河水專名之意[4]，不過當許慎以「治」作為訓解詞時，用的都是「處理」義，如「吏，治人者也」、「琢，治玉也」、「瑞，治玉也」、「理，治玉也」

---

[4] 《說文》：「治，治水出東萊曲城。」段注則說明：「按今字訓理，蓋由借治為理。」

「藥，治病艸。」、「革，獸皮治去其毛曰革。」、「鞹，攻皮治鼓工也」等。以「治」釋「療」時則是用了「處理」的下位義，專指「治療疾病」而言。《呂氏春秋・勸學》：「是救病而飲之以菫也。」高誘注：「救，治也。」是「救」也有「治病」意義。除了「醫」多為名詞用法外，動詞「救」、「療」、「治」均有及物用法，「救」已如上述，而其餘二詞亦不乏其例。「療」的賓語也有疾病與病者兩類，前者如例1～2，加上人物作為定語的例3～4；後者如例4～5：

1. 太和元年二月，**療疾**於溫湯。（《魏書・源賀傳》）
2. 時司徒陸麗在代郡溫湯**療病**，渾忌之，遣多侯追麗。（《魏書・穆多侯傳》）
3. 使於城西之南，治療百姓病。（《魏書・清河王懌傳》）
4. 應神農之本草，**療生民之疹疾**。（《全晉文・茱萸賦》）
5. 曾為治病醫，時**療尊者子**。（《佛五百弟子自說本起經》）
6. 承取尿，及熱服二合，病深七日以來，服之良。後來**療人**，並差。（《肘後備急方》）

療病義的「治」則僅有以疾患為賓語，如例1～2；並無以病人為賓語者。病者只出現於定語位置如例3～6。

1. 南方**治疾**，與北土不同。（《南齊書・芮芮虜傳》）
2. 何平叔云：「服五石散，非唯**治病**，亦覺神明開朗。」（《世說新語》）
3. 又方：治**丈夫腰膝積冷痛**，或頑麻無力。（《肘後備急方》）
4. 白馬蹄燒令煙盡，搗篩。溫酒服方寸匕，日三夜一。亦**治婦人血疾**，消為水。（《神農本草經劉涓子鬼遺方》）
5. 使於城西之南，治療百姓病。（《魏書・清河王懌傳》）

6.應神農之本草，療生民之疹疾。(《全晉文‧茱萸賦》)

大抵因為「治」為「處理」意義，因不同的對象而有不同的意義：若賓語為書，則「治」有「研讀」義，如例1。賓語為「車」或「宮殿」等，則有「建造」義，如例2、例3。賓語為「家事」則有「主持處理」義，如例4。若賓語為人物時，「治」為「治理」義，如例5，而非「治病」義。無論是「研讀」、「建造」、「主事」或是「治理」，都是「處理」的下位義，必須靠後面所帶的賓語來界定義涵，因此「治病」義的「治」僅能接疾患類賓語。

1.又治《尚書》，學通師法。(《續漢志》)

2.求仲、平仲二人，不知何許人，皆治車為業，挫廉逃名。(《聖賢高士傳》)

3.石虎使採取以治官殿，又免穀城令，不奏聞故也。(《鄴中記》)

4.衡每欲治家事，英習不聽。(《襄陽者舊傳》)

5.若縣令有掾屬才堪治民者，當以參選。(《晉起居注》)

6.從善見佛所初發道心，時家作醫師療生治病。(《賢劫經》)

「療」與「治」的賓語不同，在互文中也有例證，「療」以生民為賓語；而「治」以疾病為賓語，如下例：

1.從善見佛所初發道心，時家作醫師療生治病。(《賢劫經》)

「救」、「療」、「治」、「醫」詞在中古多有雙音組合：「救療」(例1)、「救治」(例2)、「療救」(例3)、「療治」(例4)、「療醫」(例5)、「治救」(例6)、「治療」(例7)、「醫療」(例8)、「醫治」(例9)的例子，出現次數如下表：

	一救	一療	一治	一醫
救一		26	3	0
療一	5		132	1
治一	1	10		0
醫一	0	11	3	

這些單音詞本有及物用法，然而形成雙音組合後卻多為不及物用法：

1. 世間所有生死痾，此大醫師能**救療**。（《佛本行集經》）

2. 夫精失位似海竭山崩，百瀆失緒，千域傾敗，莫能**救治**，百病俱臻。（《靈劍子》）

3. 生病之徒宜加**療救**。可遣大醫、折傷醫，并給所須之藥，就治之。（《魏書・世宗紀》）

4. 到他國已即遇大病頭髮除落，王聞其病遣醫齎藥往彼**療治**。（《阿育王傳》）

5. 譬如柔軟衣，熏以天名香。若有疾病人，當為**療醫**王。（《佛說普曜經》）

6. 太元元年，江夏郡安陸縣薛道詢年二十二。少來了了，忽得時行病，差後發狂，百**治救**不瘥。（《齊諧記》）

7. 王聞貪欲不可**治療**，語象師言，此貪欲病無能治耶。（《大莊嚴論經》）

8. 時有痼疾世莫能治者，澄為**醫療**應時瘳損，陰施默益者不可勝記。（《高僧傳》）

9. 此治五六日，胸中大熱，口噤，名為壞病，不可**醫治**，用此黑奴丸。（《肘後備急方》）

有及物用法的雙音組合集中在與「療」相關的組合中，如：

1. 譬如良醫善知八種悉能**療治一切諸病**，唯不能治必死之人。諸佛菩薩亦復如是悉**療治諸病**消除瘡痛。（《賢劫經》）
2. 使於城西之南，**治療百姓病**。（《魏書·清河王懌傳》）
3. 以諸法藥**救療三苦**。（《佛說無量壽經》）
4. 玉仁愛不矜，雖貧賤廝養，必盡其心力，而**醫療貴人**，時或不愈。（《後漢書·郭玉傳》）

「救治」、「治救」、「醫治」皆僅有不及物用法：

1. 莫能**救治**，百病俱臻。（《靈劍子》）
2. 衛養乖方，抱疾嬰固，寢瘵以來，倏踰旬朔，頻加**醫治**，曾未瘳損。（《南齊書·虞悰傳》）

而療的雙音組合「救療」、「療治」等，也正是出現頻率比較高的。由出現頻次多和有及物用法兩點來看，這些組合已經能夠稱為複合詞了。皆與「療」相關，可見在「治療疾病」這個聚合中，「療」為核心成員。

觀察「醫」、「療」、「救」、「治」四詞，我們可以發現「療」之外的其他三詞還有其他不同義位。如上文所述「救」有「止息」、「醫療」、「援助」三義位。至於「醫」多用為名詞，指醫生而言，如：

肅年六十二，疾篤，**眾醫**並以為不愈。（《三國志·朱建平傳》）

而「治」也有他義。正如上所述「治」主要意義為「處理」，其他意義多由處理對象不同而引申產生。「治」也有非「治病」義之雙音組合如「治理」（例1）、「繕治」（例2）、「修治」（例3）等。這些單詞「修」、「繕」、「理」亦可兩兩組合如「繕理」（例4）、「修繕」（例5）、「修理」（例6）等：

1. 臣前以州郡典兵，則專心軍功，不勤民事，宜別置將守，以盡**治理**之務。（《三國志‧杜恕傳》）

2. 時子於廄調習車馬**繕治**珍寶，轉復教化家內小大。（《正法華經》）

3. 又復供養無數諸佛，億千佛所殖眾德本**修治**眾行。（《正法華經》）

4. 自頃**繕理**西苑，修復太學，宮殿官府，多所撝飾。（《後漢書‧郎顗傳》）

5. 第宅卑陋，出鎮後，其子弟頗更**修繕**，起堂廡。（《魏書‧長孫道生傳》）

6. 衡陽山、九嶷山，皆有舜廟。每太守**修理**祀祭，潔敬則聞絃歌之聲。（《異苑》）

是以在「醫」、「療」、「救」、「治」等單詞中，唯「療」單純指動詞的「治療」義。其雙音組合也集中於「治療」義，「救療」、「療救」、「治療」、「療治」、「醫療」、「療醫」等組合固不待言，其他相關組合如「營療」（例1）、「攝療」（例2）、「視療」（例3）、「瞻療」（例4）、「療瞻」（例5）、「療除」（例6）、「療愈」（例7）、「消療」（例8）等，亦均為「治療」之義。如：

1. 兄今疾篤，無可**營療**，顗當干祿以自濟耳。（《宋書‧戴顒

傳》）

2. 自此春來，先疾屢發，藥石**攝療**，莫能善瘳。（《魏書·肅宗孝明帝紀》）

3. 帝以太醫令陰光為**視療**不盡術，伏法。（《魏書·襄城王題傳》）

4. 有貧窮者救攝以財，病施醫藥隨時**瞻療**。（《大集經》）

5. 彼於異時，身得疾病，無**療瞻**者。（《生經》）

6. 竝以善醫，**療除**垢病，施慧湯藥。（《全六朝文·請隱嵩高表》）

7. 如彼妙藥雖能**療愈**種種重病，而不能治必死之人。（《大般涅盤經》）

8. 至如慧則之感香甕能致痼疾**消療**。（《高僧傳》）

因此「療」成為「醫治疾病」這個聚合中的核心成員，而「救」的「醫療」義位在此聚合中並非核心成員。「療」的其他相關組合又可細分為三，其一為「養護」類，蓋治病兼有養生保護義，「營」、「攝」二詞屬此。一為視覺詞「視」、「瞻」類，則兼有看護之意。最後「治病」目的在於消除疾病，故與「消」、「除」、「愈」等結合。此中各類詞復多可兩兩組合，形成其他同義聚合，如「攝養」（例1）、「營護」（例2）、「攝護」（例3）、「養護」（例4）；「瞻視」（例5）、「視瞻」（例6）；「消除」（例7）等，益見中古雙音組合之豐富多樣。

1. 聖體宜令有常。陛下晝過冷，夜過熱，恐非**攝養**之術。（《世說新語》）

2. 寺有上座塵勝法師老病，匱從為依止，**營護**甚至。（《高僧傳》）

3. 如我所分國土眾生各各隨分**攝護**養育。(《大集經》)

4. 如乳母慈愛，**養護**於其子。(《四分律》)

5. 朕亦以此亭當路，行來者輒往**瞻視**，而樓屋傾頹，儻能壓人，故令修整。(《曹丕集》)

6. 劉裕龍行虎步，**視瞻**不凡，恐不為人下，宜蚤為其所。(《宋書·武帝本紀》)

7. 是以法王御世，天人論道，汲引四流，周圓五怖，故能調伏怨憎，**消除**結縛。(《庾信集》)

1.2.3 「幫助」義的雙音組合及相關延伸

至於具有「幫助」義的「救」字相關組合則相當豐富。有「救援」(例1、例2)、「援救」(例3)「救濟」(例4、例5)、「救助」(例6、例7)、「拯救」(例8、例9)、「濟救」(例10、例11)等，且已多有及物用法(如例2、5、7、9、11)。

1. 索虜托拔燾親率大眾攻圍汝南，太祖遣諸軍**救援**，康祖總統為前驅。(《宋書·劉康祖傳》)

2. 文季亦遣器仗將吏**救援**錢塘。(《南齊書·沈文季傳》)

3. 紹見洪書，知無降意，增兵急攻。城中糧盡，外無**援救**。(《後漢書·臧洪傳》)

4. 弟子脫捨身沒苦，願見**救濟**，脫在好處願為法侶。(《高僧傳》)

5. 朕以不德，肇受元命，夙夜兢兢，不遑假寢。思平世難，**救濟**黎庶。上答神祇，下慰民望。(《三國志·孫權傳》)

6. 囂又引公孫述將，令守突門。臣融孤弱，介在其間，雖承威靈，宜速**救助**。(《後漢書·竇融列傳》)

7. 毅故吏毛孟等詣洛求救，至欲自刎。懷帝乃下交州使**救助**之。（《華陽國志》）

8. 同里張邁三人，妻各產子，時歲飢儉，慮不相存，欲棄而不舉，世期聞之，馳往**拯救**，分食解衣，以贍其乏，三子並得成長。（《宋書·嚴世期傳》）

9. 勇健精進力，**拯救**諸眾生。（《大方廣佛華嚴經》）

10. 我以**濟救**故，由此受是形。（《大莊嚴經》）

11. 取張永所棄船九百艘，沿清運致，可以**濟救**新民。（《魏書·尉元傳》）

　　由訓詁材料中可見「援」、「拯」、「濟」、「助」都有助義。如《說文》：「援，引也」。由手部動作引申出「幫助」義，《集韻》：「援，救助也」。《玉篇》：「拯，救助也。」而「濟」、「助」均有利益義，《廣韻》：「助，益也。」《爾雅》：「濟，益也。」因此可與同樣有「幫助」義的「救」組合。具有「幫助」義的「援」、「拯」、「濟」、「助」彼此也可形成雙音組合如「援拯」（例1）、「拯援」（例2）、「援濟」（例3）、「援助」（例4）、「拯濟」（例5）、「拯助」（例6）、「濟拯」（例7）等。

1. 願垂**援拯**，以慰虔望。（《宋書·魯爽傳》）

2. 海岱蒼生，翹首**拯援**。（《魏書·慕容白曜傳》）

3. 昔光武平隴、蜀，皆收其才秀，所以**援濟**殊方，伸敘幽滯也。（《華陽國志》）

4. 可以保固徐豫，**援助**司土。（《晉書·溫嶠傳》）

5. 而徭賦不息，將何以塞煩去苛，**拯濟**黎元者哉！（《魏書·顯祖紀》）

6. 願侍坐言次，賜垂**拯助**，則苦誠至心，庶獲哀允。（《宋

書‧謝莊傳》)

7.欲為**濟拯**故，布散諸舍利。(《大莊嚴經》)

由此可見中古雙音組合的樣式相當豐富多樣，同義的單音詞「救」、「濟」、「援」、「助」、「拯」便能相互組合出多種雙音結構，此正為中古詞彙特色之一。

1.3 小結

從「救」的三個義位，分別衍生出「禁止止息」、「治療疾病」與「救援幫助」三個同義聚合。以「救」而言，「禁止止息」為本義，僅能以「災患」為賓語。將「止息災患」的範圍局限於「止息疾病」時，便引申出「治療」的義位。此一義位除了以「災患」為賓語外，也能以「受災者」為賓語。當賓語由「災患」轉成「受災者」時，「救援幫助」的義位也隨之產生。

單音詞「救」的三種義位分別都能與其他同義的單詞組合，「禁止止息」義的「救」可與「防」、「止」組合成「防救」、「救止」。「治療疾病」義的「救」可以組合成「救療」、「救治」、「療救」、「治救」。而「救援幫助」義的「救」可以組成「救援」、「援救」、「救濟」、「救助」、「拯救」、「濟救」。這三類組合中「救」的「禁止止息」組合能力最弱；而「救援幫助」義的組合能力最強，不僅能夠組成的雙音結構形式多樣，出現頻次也不少，同時在語法上也多有及物用法。可見中古時期，「救」的「救援幫助」義位應用最廣。

從宏觀的角度看這三個同義聚合，每個聚合的單音詞不僅只有「救」，也包含其他同義單音詞：如「禁止止息」聚合的「防」、「止」、「禁」「息」；「治療」聚合的「醫」、「治」「療」；「救援幫助」

聚合的「援」、「助」、「拯」、「濟」等。聚合中的單詞可以相互組合，不過組合力有強弱之別。有些單詞為聚合中的核心成員，組合力較強，幾乎可與所有單詞相組合，如「治療」聚合中的「療」。從另一方面來看，各個單詞若有多個義位時，也往往有一個組合能力特別強的義位，如上述「救」的「救援幫助」義。這是中古詞彙值得更深入探討的問題，我們也將在下章以其他的個案來討論相關問題。

　　由不同單詞的不同義位，更能與其他同義的單詞輾轉相生，組合成多樣的雙音組合，這正是中古詞彙的特色之一。茲將本節論及之「禁止止息」、「治療疾病」、「救援幫助」、「攝護養生」、「瞻顧看視」、「消解除去」、「建造修理」等同義聚合表繪如下，以同形線條聯繫同聚合之單音詞，而單音詞可相互組合成之雙音結構已見上文，為求圖面簡潔故不列雙音組合部份。

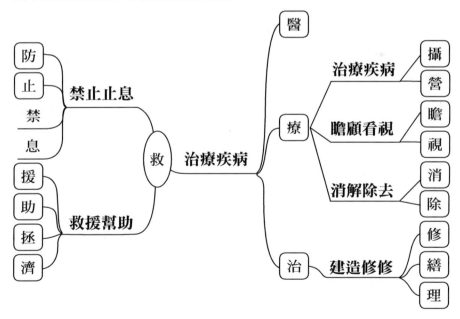

　　就同一同義聚合而言，單音節詞大抵仍是是詞頻最高的詞，而雙音結構除了繼承古語的部份外，出現頻率都不算太高（如圖一）。但從另一方面來看，雙音結構的組合則非常多樣。如果只看雙音組合的樣式而不論出現頻率的話，從上古到中古以至現代漢語，雙音組合的樣式數量呈現一種兩端少而中段多的橄欖球形（如圖二），中古時期詞彙的重要特色之一便是這些式樣豐富多種的雙音組合。接下來我們將討論另一個重要的特色，即中古的南北異同。

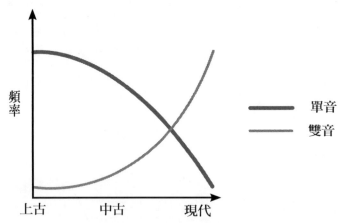

圖一：單音詞和雙音組合出現頻率比較圖

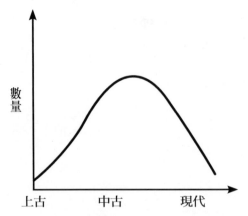

圖二：同義雙音組合樣式多寡示意圖

2　與「救」相關的雙音組合南北異同情況

　　本書論及的南北通語，在本質上是同一來源，源自西晉洛陽讀書音，並不是南北兩大「方言」。前人討論南北異同時，有時並未深入釐清「南北」意義。如王東、羅明月（2006）討論南北時題名〈南北朝時期的南北方言詞〉，文中討論的南北差異除了文獻記載具有區域特色的詞語之外，還有一類為「同義異詞」。前者以地域為標記，除了方言之外，必然也有其他民族語言，如「鮮卑呼兄為阿干」。「阿干」即是鮮卑語，非漢語。作者已經注意此點，文中特別解釋道：「我們這裡所說的『方言詞語』，是一個廣義的『方言』概念，不僅僅是指南北朝時期的漢語詞語，同時也包括當時的少數民族詞語。」（頁512）然而混同「方言」與少數民族「語言」的做法並不恰當。再者文中提及南北「同義異詞」：「南北朝時期，還有不少屬於同義異詞，即表達同一概念，南北方言中使用的詞語不同。」（頁515）舉北方「蠕蠕」即南方「芮芮」為例。又舉南人稱北人「索虜」而北人稱南人「島夷」。實非方言差異，而是通語之別，是以《魏書》有〈蠕蠕傳〉；《宋書》稱芮芮國。《宋書》有〈索虜傳〉；而《魏書》以「島夷」冠之有〈島夷桓玄傳〉〈島夷劉裕傳〉等。此等詞語已見於文人筆下，並非方言之別。也因為如此王東（2008）題名則改謂〈南北朝時期南北詞語差異〉，包含了方言、外來語、通語等差異。

　　然則比較南北朝時期南北差異時，必然會引用《顏氏家訓・音辭篇》，則顏之推所謂「南染吳越」，「北雜夷虜」之南北又是何義？周祖謨以《顏氏家訓・音辭篇》說明金陵鄴下南北不同時，已經詳細分別南北士庶言語差異：「此論南北士庶之語言各有優劣。蓋自五胡亂華以后，中原舊族，多僑居江左，故南朝士大夫所言，仍以北音為

主。而庶族所言，則多為吳語。故曰：『易服而與之談，南方士庶，數言可辨。』而北方華夏舊區，士庶語音無異，故曰：『隔垣而聽其語，北方朝野，終日難分。』惟北人多雜胡虜之音，語多不正，反不若南方士大夫音辭之彬雅耳。至于閭巷之人，則南方之音鄙俗，不若北人之音為切正矣」。我們所比較的「南北」亦即南北士族所使用之「通語」，此一通語皆源自北方西晉洛陽雅言，在核心部份仍有相當一致之處。五胡亂華後晉室南遷，東晉定都於金陵，與北方政治中心鄴下相對。鄴下與金陵分別受到北方的外族（北雜夷虜）與南方方言與外來語（南染吳越）影響，形成南北兩大通語。本文所討論的「南北」即指此南北通語差異。

　　與在文獻中地毯式蒐羅有關方言或外來語的傳統方式不同，本書將嘗試尋找一種能夠系統地比較南北差異的方法。由於中古時期正值雙音化發展迅速階段，我們將從雙音化的差異切入，本節利用比較《史記》、《宋書》、《魏書》中所有動詞「救」的例子來討論南北雙音化速率異同問題。以《史記》作為先秦參考點，而以《宋書》為南方代表文獻，《魏書》為北方代表文獻。《宋書》為南朝沈約（西元441～513年）於齊永明五年（西元487年）奉詔撰寫，本紀十篇、列傳六十篇、志三十篇，共一百篇，約成書於公元五〇二至五一三之間。《魏書》為北齊魏收（西元506～572年）所著，共一百三十卷，成書於天保五年（西元554年）。沈約字休文，吳興武康（今浙江武康）人，為南朝史學家、文學家；而魏收字伯起，鉅鹿下曲陽（今河北平鄉）人，北齊史學家、文學家。兩人除了籍貫分屬南北之外，沈約仕宋齊梁三朝；而魏收亦歷任北魏、東魏、北齊之官職，著作史書自然分別帶有南朝通語和北朝通語特色。因此我們可以利用性質內容相近的這兩種史書來管窺南北通語差異。

　　觀察三書中與「救」相關的雙音組合，不單有上述三類的並列結

構，另有連動式結構亦佔一席之地。如劉承慧（2000：245）所謂：
「連動詞組之動詞複合在戰國晚期風氣漸開，隨著時代下移，複合情
況越形普遍。到《史記》湧現大量的同代之例。」因此我們將討論範
圍擴大，除了並列結構外，本節也將與「救」相關的連動式雙音組合
納入討論。最後則定量統計三書動詞「救」的所有單音與雙音結構，
以比較三書的雙音化情形。

2.1　與趨向動詞連用

　　從《史記》的連動式雙音組合來看，以和「趨向動詞」組合為
主。這些組合在《宋書》、《魏書》中均有用例，且更增加新的組合
樣式。不過整體上仍以單音詞「救」的出現頻率最高，呈現出中古南
北大同小異的態勢。以下分別列表並說明三書組合異同。

		史記	宋書	魏書
離近向遠	往	往救 7	往救 1	往救 1
離遠向近	來	來救 17	來救 3	來救 7
趨向到達				
目的地	赴	赴救 1	赴救 4	赴救 10
回返本處	歸	歸救 1		歸救 1
	還		還救 1	
進入某範圍	進			進救 2
由某範圍出	出		出救 3	出救 1

《史記》中出現的連動組合有「往救」、「來救」、「赴救」、「歸救」。「往」、「來」是以敘事者為參考點，離近向遠為「往救」，離遠向近為「來救」。至於「赴」則以目的地為趨向，強調到達目的地，因此可與「來」或「往」相組合，如下兩例：

1. 詔寶夤為使持節、假安南將軍、別將，長驅**往赴**，受盧昶節度。（《魏書·蕭寶夤傳》）
2. 義軍初剋京城，脩司馬刁弘率文武佐吏**來赴**。（《宋書·武帝本紀》）

離近向遠的「往救」，三書均有例。《史記》的「往救」分別有及物（例1）與不及物（例2）用法。而《魏書》與《宋書》例少，分別為及物（例3）與不及物（例4）用例。

1. 章邯等將其卒圍鉅鹿，楚上將軍項羽將楚卒往**救鉅鹿**。（《史記·秦始皇本紀》）
2. 兵未發而晉伐鄭，鄭請救於楚。楚使子西**往救**，與盟而還。（《史記·伍子胥列傳》）
3. 裴叔業又圍渦陽，時高祖在豫州，遣永為統軍，與高聰、劉藻、成道益、任莫問等**往救之**。（《魏書·傅永傳》）
4. 偽高梁王阿叔泥為芮芮所圍甚急，叔斗使秀**往救**，熹自率大眾繼其後。（《宋書·曹秀傳》）

離遠向近的「來救」，三書亦均有例句。且分別有不及物（例1、3、5）與及物（例2、4、6）用法，如下：

1. 賴楚、魏諸侯**來救**，迺得解邯鄲之圍。（《史記·廉頗藺相如列傳》）

2. 吳人**來救**蔡，因遷蔡于州來。(《史記·管蔡世家》)

3. 虜洛州刺史地河公張是連提二萬，度嶠**來救**，安都、方平各列陣城南以待之，顯祖勒精卒以為後柱。(《宋書·柳元景傳》)

4. 林邑遣將范毗沙達**來救**區粟，和之遣偏軍拒之，為賊所敗。(《宋書·宗愨傳》)

5. 赫連定自安定率步騎二萬**來救**，與弼等相遇，弼偽退以誘之。(《魏書·古弼傳》)

6. 若天慈曲矜，遠及無外，速遣一將，**來救臣國**，當奉送鄙女，執掃後宮，并遣子弟，牧圉外廄。(《魏書·百濟國傳》)

強調目的地為「赴救」，《史記》僅有一例，《宋書》與《魏書》則均有及物與不及物用例：

1. 平原君既返趙，楚使春申君將兵**赴救趙**，魏信陵君亦矯奪晉鄙軍往救趙，皆未至。(《史記·平原君列傳》)

2. 義熙十一年七月丙戌，大水，淹漬太廟，百官**赴救**。(《宋書·五行志》)

3. 揚州刺史、丹陽尹、建康令，並是京輦土地之主，或檢校非違，或**赴救水火**，事應神速，不宜稽駐，亦合分道。(《宋書·禮志》)

4. 蒼梧子公孫表等復攻虎牢，義符遣將檀道濟率師**赴救**。(《魏書·劉義符傳》)

5. 平衍之後，彼必旋師**赴救丹陽**。(《魏書·景穆十二王列傳》)

　　回返本處的有「歸」、「還」，兩詞同義故可連用為「還歸」與「歸還」，例如：

1. 高祖**還歸**，過沛，留。（《史記・高祖本紀》）
2. 自今以後，亡匿避難，羈旅他鄉，皆當**歸還**舊居，不問前罪。（《魏書・世祖紀》）

　　與「救」相組合時，《史記》、《魏書》用「歸救」而《宋書》用「還救」，「還救」雖不見於《史記》，然《左傳》中即有用例，如例4：

1. 語未及卒，公子立變色，告車趣駕**歸救魏**。（《史記・魏公子列傳》）
2. 永遣其從兄太尉大逸豆**歸救次多**等，垂將平規擊破之。（《魏書・慕容永傳》）
3. 慶之乘驛馳歸，未至，上驛詔止之，使**還救玄謨**。（《宋書・沈慶之傳》）
4. 楚子伐鄭以救齊，門于東門，次于棘澤，諸侯**還救鄭**。（《左傳》）

　　以上為就《史記》便可見前有所承的例證，而與範圍進出有關的連動組合未見於《史記》。《魏書》有「進救」例；而「出救」則見於《宋書》與《魏書》。有及物也有不及物用法。

1. 安南將軍崔延伯立橋於下蔡，以拒賊之援軍。賊將王神念、昌義之等不得**進救**，祖悅守死窮城。（《魏書・李平傳》）
2. 遐身自潛行，觀水深淺，結草為筏，銜枚夜進，破其六柵，遂解固城之圍。**進救朐城**，都督盧昶率大軍繼之。（《魏書・趙遐傳》）

3.索虜寇青、司二州，大軍**出救**。(《宋書‧天文志》)

4.尋遣兵**出救青、司**。其後徐羨之等秉權，臣強之應也。
（《宋書‧天文志》）

5.城內恐懼，不敢**出救**。既而班師。(《魏書‧皮豹子傳》)

「進救」與「出救」的例子雖未見於《史記》，然在上古已有用例，如《韓詩外傳》與《國語》。

6.由願奮長戟，盪三軍，乳虎在後，仇敵在前，蠡躍蛟奮，**進
救兩國之患**。(《韓詩外傳》)

7.於是呂甥、冀芮畏偪，悔納文公，謀作亂，將以己丑焚公
宮，公**出救**火而遂弒之。(《國語》)

與趨向動詞連用的雙音組合，無論《宋書》《魏書》在「救」的組合中均佔最大的比例，此為兩書大同之處。可見兩者承繼於上古的部份為兩者相同處。

2.2　其他類雙音組合比較

除了與趨向動詞組合的類型外，《宋書》與《魏書》更增加了新的組合類型，而兩書的組合類型也有不同之處。《宋書》無任何由「救」組成表「治療疾病」義的雙音結構，而《魏書》有「救療」、「療救」、「救護」等雙音結構：

1.性仁恕，見疾苦，好與治之。廣教門生，令多**救療**。(《魏
書‧崔彧傳》)

2.生病之徒宜加**療救**。可遣太醫、折傷醫，并給所須之藥，就
治之。(《魏書‧世宗紀》)

3.窮困無以自療者，皆於別坊遣醫**救護**，給醫師四人，豫請藥
物以療之。(《魏書‧高祖紀》)

有關「治病」義的雙音結構《宋書》僅有「治療」、「營療」二
語，並無「救」之相關組合。

1.世祖遇偃既深，備加**治療**，名醫上藥，隨所宜須，乃得瘥。
(《宋書‧何偃傳》)

2.兄今疾篤，無可**營療**。(《宋書‧戴顒傳》)

若觀察「療」字組成的雙音結構也可見出《魏書》「療」字雙
音化能力較《宋書》為強，除「救療」「療救」，及《宋書》所有之
「營療」、「治療」外，尚有「療治」「攝療」「醫療」等組合：

1.顯常迎侍，出入禁中，仍奉醫藥……延昌二年秋，以**營療**之
功，封衛南伯。(《魏書‧王顯傳》)

2.使於城西之南，**治療**百姓病。(《魏書‧清河王懌傳》)

3.使京畿內外疾病之徒，咸令居處。嚴敕醫署，分師**療治**。
(《魏書‧世宗紀》)

4.先疾屢發，藥石**攝療**，莫能善瘳。(《魏書‧肅宗紀》)

5.僉謂王顯失於**醫療**，承肇意旨。(《魏書‧高肇傳》)

復考「救」組合成的其他雙音結構，也呈現出《魏書》較《宋
書》多樣的趨勢。《宋書》有「救卹」、「匡救」、「救援」、「營救」、
「拯救」、「救贍」、「存救」、「防救」等八種雙音結構：

1.仍值災沴，饑困荐臻。可速符諸鎮，優量**救卹**(《宋書‧文
帝紀》)

2.武烈皇帝奮迅猛志，念在**匡救**。(《宋書‧樂志》)

3. 索虜托拔燾親率大攻圍汝南，太祖遣諸軍**救援**。(《宋書‧劉康祖傳》)

4. 諸將欲殺之，隊主張世**營救**得免。(《宋書‧張暢傳》)

5. 世期聞之，馳往**拯救**，分食解衣，以贍其乏。(《宋書‧嚴世期傳》)

6. 家世富足，經荒年散其財，**救贍**鄉里，遂以貧罄，全濟者甚多。(《宋書‧張進之傳》)

7. 不得因宋衰亂，有所侵損，以傷我國家**存救**之義。(《宋書‧索虜傳》)

8. 且山原為無人之鄉，丘壟非恒塗所踐，至於**防救**，不得比之村郭。(《宋書‧田亮傳》)

而《魏書》有「救恤」、「匡救」、「救援」「援救」、「營救」、「救護」、「救療」、「療救」、「扶救」、「救接」、「濟救」、「贍救」、「賑救」等十三種雙音結構：

1. 今日之旱，無以**救恤**，應待立秋，克躬自咎。(《魏書‧王肅傳》)

2. 豈所謂弼諧元首，**匡救**不逮者乎？(《魏書‧世宗紀》)

3. 景乃遣使降於寶炬，請師**救援**。(《魏書‧孝靜紀》)

4. 久無**援救**，力屈城陷。(《魏書‧高徽傳》)

5. 賦詩與諸弟訣別而不及其兄，以其不甚**營救**故也。(《魏書‧崔休傳》)

6. 二帝志摧聰、勒，思存晉氏，每助劉琨，申威并冀。是以晉室銜**扶救**之仁。(《魏書‧禮志》)

7. 正以南黔企德，邊書繼至，殄悴之氓，理須**救接**。(《魏書‧源懷傳》)

8. 吾在中書時有陰德，**濟救**民命。若陽報不差，吾壽應享百年矣。（《魏書·高允傳》）

9. 今時澤未降，春稼已旱，或有孤老餒疾，無人**贍救**。（《魏書·世宗紀》）

10. 即日已到焉者東界。思歸天闕，幸垂**賑救**。（《魏書·西域列傳》）

比較單音詞「救」和相關雙音結構可以發現在數量和語法功能上有明顯的差異。以出現比例而言，雖然雙音結構的形式多樣，但出現比例上單音詞「救」仍佔大多數。單音詞「救」多為及物用法，而雙音結構後大多不帶賓語。這種分別無論是《宋書》或《魏書》均然。可見此時的雙音化仍處於嘗試發展階段，尚未蔚為大觀。而以雙音化的範圍而言，《魏書》較《宋書》為大，值得後續深入研究。

其次統計三書「救」動詞用法的單音詞和雙音組合的比例，也可以發現古今南北的差異。排除名詞的用法後，三書的單音詞數量、雙音組合數量、以及單音詞佔總數的比例分別如下表：

		單音詞數量	雙音組合數量	單音詞比例
救	《史記》	219	28	0.88
	《宋書》	101	33	0.75
	《魏書》	122	62	0.66

在雙音組合中，與趨向動詞的連用組合均佔兩書的三分之一，為數量最多的一類。此外則以「匡救」、「救援」例證較多。

2.3　小結

　　上節考察了《史記》、《魏書》、《宋書》三書有關「救」的單詞與雙音組合情況，發現南北大同小異。《宋書》與《魏書》相同的部份為出現頻次高的單音詞與承繼自上古的雙音組合；而兩書相異的雙音組合往往出現頻次並不甚高。周玟慧（2012a）針對「馳」、「驅」也做了類似的研究統計。在《史記》中「馳」比「驅」的雙音化速率高，「馳」的單音詞比例僅零點三九；而「驅」的單音詞比例為零點五四。到了《宋書》「馳」的單音詞比例為零點三四；而「驅」的單音詞比例為零點三三。《魏書》「馳」與「驅」的比例則為零點二四，與零點二五。由這些統計數字可見，每個詞的雙音化速率並不一致。如雙音化速度較高的「馳」，各種並列與連動組合類型在《史記》一書中已然皆俱。均有與「趨向動詞」、「報告通知類動詞」、「狩獵射箭類動詞」等組合之例。《宋書》與《魏書》兩書的發展大致相同，在史記的連動類型架構之中，或是增加同類型不同形式的雙音組合；或是整體的數量逐漸增加，為兩書大同之處。而《魏書》新增的組合類型，樣式多而數量少則為小異處。

　　至於「驅」和本節討論的「救」，雙音化速率不及「馳」。在《史記》中雙音組合類型較少，到了《宋書》與《魏書》新增了較多的組合類型。不過就整體詞頻來看，單音詞仍佔大宗，為大同處。且兩書雙音組合中詞頻較高者為承繼自前期之組合，亦為南北大同處。至若兩書多樣化的雙音組合，如《宋書》和《魏書》的「驅逼」、「驅迫」、「驅戮」、「驅逐」、「驅斥」、「驅擯」、「驅遣」、「驅出」、「驅來」、「驅去」、「驅率」、「驅督」、「驅勒」、「驅使」、「驅掠」、「驅略」、「驅奪」。《宋書》的「防救」、「拯救」；《魏書》的「攻

救」、「療救」、「救攝」、「救護」、「救濟」、「救接」、「扶救」、「賑救」等，數量均甚少，為南北小異處。

　　藉由觀察《宋書》與《魏書》同義聚合，我們發現了南北「大同小異」的現象：在同義聚合中，同時有單音詞與雙音結構時，詞頻高者多為單音詞，這是南北兩大通語均同的。若單就雙音組合而論，南北均有的雙音結構多是承繼自古語，數量上佔了多數，這是「大同」的情況；而南北各自發展的雙音結構則是少數，是為「小異」。在比較兩書的雙音組合聚合系列可以發現兩書的雙音化步調雖不完全一致，然而出現詞頻高的雙音詞兩書又往往相同，可見兩書詞匯的核心部份有相當的一致性，符合我們對南北通語大同中有小異的看法。

第三章
詞彙網絡與同義聚合

　　從第二章的討論，可以發現中古詞彙特色之一為同義聚合中豐富多樣的雙音組合。構成雙音結構的組成份子間，有著一定的語義關連。時至今日我們可以藉由逆向解構雙音組合兩成份間的關聯，找出一系列隱形的鏈結，從而建構出魏晉南北朝時期詞彙的網絡。從雙音組合中歸納出同屬一個同義聚合中的成員，再由不同的成員出發觀察其雙音組合又能系聯出新的聚合。這些關係正是我們所謂的「隱藏的鏈結」，藉由這些鏈結能夠建立一個從單音詞開始的網絡狀詞彙系統。詞彙的數量多如繁星，我們無法在一小章節的討論中述及所有詞彙。然則千里之行，始於足下，本節將先研究由單詞「奔」、「止」輻射出的組合關係。取海一滴而知鹹味，以此凸顯出中古雙音組合可為系統性研究的重要材料。利用雙音組合探討中古詞彙間的關連，從而建構起詞彙網絡系統。

1　與「奔」相關的雙音組合

　　「奔」與其他動詞形成的雙音組合大致可分為三大類型，其一為與人的快速行動有關的「奔走」、「走奔」、「奔趨」。其二為與車馬快速行動有關的「奔馳」、「奔騁」、「奔驟」、「奔鶩」、「奔驅」。其三為與逃亡有關的「奔逃」、「奔亡」、「奔遁」、「奔逸」、「奔竄」、「奔避」、「奔越」、「奔散」、「奔潰」、「奔流」。由此便可得到三個同義聚合。如人行快速的聚合成員即有「奔」、「走」、「趨」、「奔

走」、「走奔」、「奔趨」等。車馬快速行動有單音詞「奔」、「馳」、
「騁」、「騖」、「驅」及兩兩組合的「馳騁」、「馳騖」、「馳驅」、「驅
馳」、「驅騁」、「驅騖」及「奔馳」等。至於與逃亡有關的聚合甚且
多達數十種以上[1]。若再探討聚合中成員的雙音組合，除了可以形成
兩兩並列的組合外，連動式的雙音組合更能提供新的聚合關係。如
「驅」除了「驅騁」、「驅馳」等組合外，有與「擊打」組合的「驅
捶」。與「使離去」組合的「驅除」、「驅擯」、「驅斥」。與「逼迫」
義組合的「驅逼」、「驅憾」、「驅迫」。與「引領」義組合的「驅
率」、「驅督」等。而由「逃離」義的聚合還可以引申出具有「隱藏」
義與「分散」義的同義聚合。

　　由一個單詞出發，藉由單詞所輻射出的組合，可以歸納整理出其
他同在一聚合中的單音詞及相關雙音組合。再觀察不同的成員的其他
組合又能系聯出新的聚合。這些關係正是一種「隱藏的鏈結」，藉由
這些鏈結能夠建立一個由「奔」開始的網絡狀詞彙系統。

1.1 「人行」義的相關詞彙聚合

　　與人行有關的單詞有「行」、「步」、「趨」、「走」、「奔」等。籠
統的來說，這些詞都與人類的行走狀態有關；詳細分別的話，不同詞
描述了不同的行走速度。他們之間的雙音組合也與行走速度息息相
關。因此在討論與「奔」相關的雙音組合之前，必須先擴大範圍來討

---

[1] 單音詞外，雙音組合如「奔逸」、「奔逃」、「奔亡」、「亡奔」、「奔竄」、「奔遁」、
「奔潰」、「逃走」、「遁走」、「亡走」、「逸走」、「潰走」、「走竄」、「逃遁」、「遁
逸」、「逃亡」、「逃竄」、「逃逸」、「竄逸」、「逃奔」、「亡遁」、「亡竄」、「遯
逃」、「亡逃」、「逋逃」、「避逃」、「逃遁」、「逃逸」、「逃叛」、「逃避」、「逃
匿」、「逃隱」、「逃伏」、「逃藏」、「逃越」、「逃潰」、「逃離」、「流遁」、「流
竄」、「流亡」、「流奔」、「流越」、「流散」等。

論所有與人類行走相關的組合。如此不但能夠見出其間的差異，且能更深入了解中古雙音組合豐富多樣的特色對於研究詞彙系統的貢獻。

　　先看這些詞的單詞詞義。《說文》：「奔，走也。」古語「走」為快速行走之義。如《莊子・人間世》提及巨大的櫟社樹吸引了與老師同行的弟子目光，但是老師不屑一顧，繼續前行，而弟子們飽看了一頓之後才快步追上。原文：「匠伯不顧，遂行不輟。弟子厭觀之，走及匠石。」以「走」描述弟子們的行動，「走」自然是快速行走，方能追上去之已遠的匠石。因此「奔」、「走」均為快速行走。與之相關的訓詁尚有《說文》：「走，趨也。」《說文》：「趨，走也。」三者轉相註解，語義關連。段玉裁《注》「走」引《釋名》於同中求異：「釋名曰：『徐行曰步，疾行曰趨，疾趨曰走。』此析言之。許慎渾言不別也。今俗謂走徐趨疾者非。」「奔」、「趨」、「走」有共同義「快速移動」，故可如《說文》渾言互注。然細分則速度尚有快慢差異，「奔」、「走」的速度要快於「趨」。是以據《釋名》析言，則「趨」、「走」緩速有別。《釋言》另外用以比較的「步」，則是「慢行」之義。「步」與「行」兩詞，在註解中常相提並論：《說文》：「步，行也。」《說文》：「行，人之步趨也。从彳从亍。凡行之屬皆从行。」段《注》：「步，行也；趨，走也。二者一徐一疾。皆謂之行，統言之也。」是「行」包含「疾」「徐」兩種速度，中心義素為「移動」。緩行為「步」；疾行為「趨」、「走」。段玉裁此注接下來[2]引《爾雅・釋宮》一段為析言之例，說明最為明白。《爾雅》以地點界定行走速度的合宜，隨著地點不同清楚的分別了各種行走速度的快慢。《爾雅・釋宮》：「堂上謂之行，堂下謂之步，門外謂之趨，中庭

2　段注稱：「《爾雅》：『室中謂之時，堂上謂之行，堂下謂之步，門外謂之趨，中庭謂之走，大路謂之奔。』析言之也。」

謂之走，大路謂之奔。」邢昺《疏》謂：「中庭曰走，走疾趨也。大路曰奔，奔大走也。」更指出「趨」、「走」、「奔」的行進速度是從快速到非常快速。而鄭樵《註》：「此皆人之行步緩急之所，因以名云。」（《爾雅註》卷中）也指出在不同處所故行走速率有別，由堂到大路，行步由緩而急。

　　由訓詁注解討論可見「行」、「步」、「趨」、「走」、「奔」共同的義素為「移動」，而此五詞速度由「行」至「奔」呈現由慢而快的排列。進一步分析，據《說文》解釋，「趨」、「走」、「奔」可渾言；而「行」亦可統言「步」、「趨」。大抵慢行為「步」、「行」；疾行為「走」、「奔」；而「趨」則兼通兩者。接下來我們將全面觀察這五詞的雙音組合情況。先列出所有組合數量於下以便討論：

	一行	一步	一趨	一走	一奔
行一		179	0	5	0
步一	54（徒步）		1（徒步）	13（徒步）	0
趨一	7	28		40	1（趨向）
走一	6	0	2		23（趨向）
奔一	0	0	2	254	

　　從表格上看，左上與右下角的數量最多，顯示出「行」與「步」常相左右；「走」與「奔」多互往來。與此相對的左下與右上的數量明顯偏低，顯示「行」、「步」與「走」、「奔」必然有扞格處，是故難以連屬。箇中緣由值得探究。而表格十字部份則為與「趨」相關之組合，從數量上看中軸線部份數量最多，而外圍數量較少，也顯示出「趨」與「步」、「走」關係較密切而與「行」、「奔」較遠。

　　雙音組合數量較多的首推「奔走」（254例）與「行步」（179例）。正因「行」與「步」；「奔」與「走」的速度相近，「行」與「步」皆緩而「奔」與「走」俱急，易相組合。「行」、「步」速度慢，雙音組合「行步」亦描述速度較緩之行動。如：

> 1. 天復化作沙門，法服持鉢。**行步**安詳，目不離前。（《修行本起經》）
> 2. 衣服整齊，威儀禮節不失常法，**行步**安詳。因是使人見之心悅。（《佛說普曜經》）

　　《魏書・高句麗傳》描寫高句麗民俗與中州有別，其中有「行步如走」一句，亦可見「行步」應指較緩的行路速度，而高句麗人走路迅速，故以「如走」一語形容。至若「奔」、「走」盡皆迅疾，雙音組合亦指快速行動：

> 1. 或復大笑，或復周惶，東西南北急疾**奔走**。（《佛本行集經》）

　　也因為速度緩急有別，這兩組罕見互相組合的情況，因此沒有「行奔」、「步奔」；也沒有「走步」、「奔行」、「奔步」的組合。唯「行走」與「走行」為一對異序詞，強調人行移動或行或走，並不強調速度，故略有數例：

> 1. 而彼童子，漸漸長成，既能**行走**。（《佛本行集經》）
> 2. 聾者得聽，跛者**行走**。（《度世品經》）
> 3. 諸有盲者則皆得視，諸跛躄癃者則皆得**走行**。（《佛說無量清淨平等覺經》）

　　相較於「行走」、「走行」為同義異序。「行步」、「奔走」的反

序「步行」與「走奔」則另有他義，並非單純的同義並列，故非同義異序。「行步」與「奔走」都照著平聲在前的次序排列，為雙音組合通常之聲調序列，故得例甚多。「步行」、「走奔」則非一般並列聲調語序。以「步」的雙音組合而言，當「步」在第一位置時，強調的是「徒步人行」。此「徒步」義見《楚辭・招魂》「步騎羅些。」之王逸《註》「乘馬騎，徒行步。」。「徒行」故不搭車（例1、例2）不坐船（例3、例4）不乘馬也沒有其他交通工具代步（例5、例6）。

> 1. 吾等義當**下車步行**入城，共從西門入。（《大明度經》）
> 2. 寶夤**棄車步走**，部尉執送之。（《魏書・蕭寶夤傳》）
> 3. 還國置**舟步行**，道乏無水。（《六度集經》）
> 4. 彥之聞二城不守，欲**焚舟步走**。（《宋書・王元德傳》）
> 5. 異**棄馬步走**上回谿阪，與麾下數人歸營。（《後漢書・馮異傳》）
> 6. 性公廉，不受私謁。子孫常蔬食**步行**。（《後漢書・楊震傳》）

其後可接「行」、「趨」、「走」，行動速度則由雙音組合後一成份決定。「步行」「步趨」速度較緩，而「步走」則強調快速行走。「步趨」如《三國志》述陸遜與諸葛瑾設計虛張聲勢以震懾敵軍時，謂陸遜「徐整部伍，張拓聲勢，步趨船，敵不敢干。」所謂「步趨」必然徐徐行之，不露惶急之狀，乃能攝眾。「步走」之例可參見《王隱晉書》記錄鄧攸與妻子攜同子姪逃難故事。鄧氏逢石勒之亂，本有牛馬車載，然途中牛馬為盜賊所奪，以致僅能徒步逃亡。於是告其妻：「吾弟早亡，惟有遺民，今當步走，儋兩兒便當盡死。不如棄已兒，抱遺民，吾後猶當有兒。」此處「步走」，則不單指徒步而行，且強調速度必須迅速，方能逃難。此外，史書中用「步走」多為戰敗

逃亡的緊急情況，故用行走速度較快的「走」。例如：

1. 劉毅敗績于桑落洲，**棄船步走**。（《宋書・武帝紀》）
2. 十月，虜於委粟津渡河，進逼金墉，虎牢、洛陽諸軍，相繼奔走。彥之聞二城不守，欲**焚舟步走**。（《宋書・王懿傳》）
3. 後與賓攻西部，軍敗，**失馬步走**。（《魏書・神元帝紀》）
4. 城上射殺數人，乃奔散，寶夤**棄車步走**。（《魏書・蕭寶夤傳》）

綜觀「步走」的組合，其義共有「移動」「徒步」「迅速」三者。而「步」在此中呈現的是「徒步」義而非「速度較緩」的意義，故不與「走」的「速度迅疾」相衝突。

　　「走奔」與「奔走」反序，且意義不同。因「奔」位於雙音組合第二位置時除了「快速移動」外，還有「趨向目標」的意義。正如《釋名》所謂：「奔，變也。有急變，奔赴之也。」「奔赴之」一語，以「赴」強調了「奔」的「趨向」與「到達」目標的意義。「赴」的這兩重意義可由訓詁註疏中得見。《爾雅・釋詁》：「赴，至也。」《疏》：「趨而至也。」邢昺正以「趨」說明「趨向」目標點，而以「至」說明「到達」目標點。詁訓闡明了「奔」、「赴」內在徵性。其次「奔赴之」的「之」則顯示「奔」後有賓語，為及物動詞。賓語可以是人，如例1；也可以是地點，如例2。至於《釋名》所謂之「急變」，考諸「走奔」諸例往往用於逃亡敗走，如下所引，情勢緊急故言「急變」。

1. 行臺侯景討荊州，賀拔勝戰敗，**走奔蕭衍**。（《魏書・廢出帝紀》）
2. 道濟至高梁山，頡等攻剋滑臺，擒其司徒從事中郎朱脩之

等，道濟**走奔**歷城，夜乃遁還。(《魏書·劉義隆傳》)

除了與「走」組合外，「奔」在雙音組合居於次位的還有有「趨奔」一例。敘述袁譚逃亡時為追者所見，推想並非一般尋常百姓，因而急趨奔向袁譚所在。此處同樣有「趨向」及「到達」目標點的含意。

(袁)譚被髮驅馳，追者意非恆人，**趨奔之**。(《後漢書·袁譚傳》)

就以上「步─」、「─奔」的討論來看，雖然「步」與「奔」一個出現在首位；一個出現在次位，但是兩者之所以會有特別意義的道理卻是相通的。考察並列雙音組合兩成分的先後次第，孰先孰後受到多種因素影響。常見因素如意義、聲調和習慣等，李思明（1997）已有詳細討論。這三種因素中以聲調影響最為常見，雙音組合大抵以平聲先於上聲先於去聲先於入聲的序列呈現，如平上─「朋友」、平去─「高大」、平入─「欣悅」、上去─「喜慶」、上入、「飲食」、去入─「正直」。丁邦新（1969）、（1976）與陳愛文、于平（1979）已舉多例證明。「行步」（平去）與「奔走」（平上）符合平上去入的調序，因此雙音組合的例子最多。而「奔」為平聲字，多在首位，若置於後與一般調序不同；「步」為去聲字，多在次位，若前置時，也必然有特別之義。當這兩個詞在與平常不同的位置時，便有各自要強調的意義被突顯出來，是以「步」強調「徒步」；而「奔」強調「趨向到達目標」。其位有別，其理一也。

位於十字位置的雙音組合都與「趨」有關。「趨」介於「步」、「走」之間，橫跨快慢兩種速率。賈公彥疏《儀禮》曰：「凡趨有二種：有疾趨，行而張足曰趨是也。有徐趨，則下文舒武舉前曳踵是

也。」便指出「趨」有疾有徐。更早在上古文獻中便有「趨」可兩通之例，譬如以副詞修飾時，有用快速的「疾」（例1）、「急」（例2）修飾的例子；也有用慢速的「徐」（例1、例3）修飾。例如下：

1. **徐趨**皆用是，**疾趨**則欲發，而手足毋移。（《禮記·玉藻》）
2. 景帝喜說，曰：「**急趨**謁太后。」（《史記·梁孝王世家》）
3. 左師觸讋願見太后，太后盛氣而揖之。入而**徐趨**，至而自謝。《戰國策·趙策四》

也因為「趨」介於「步」、「走」之間，因此所有雙音組合中以「趨步」二十八例、「趨走」四十例最多，語序也依循「平－去」、「平－上」的次第。緩步用「趨步」（例1），而急步則用「趨走」（例2）。例2中記載任文公預知東漢大亂，因此每日訓練家人負重快步而行，臨亂之時果然發揮平日習練之功，而能「捷步」而行。「趨走」與「捷步」前後對照，可知「趨走」為速度較快之移動。中古「趨走」一詞常引申為「聽受差遣行動」（例3）乃至轉「僕役」（例4）之意。大抵隨從之人必須體察上意行動敏捷，故由「速度較快之移動」引申為「受命機敏行動」從而指稱「僕從」。

1. 嘗為縣令，謁府，**趨步**遲緩。（《後漢書·周澤傳》）
2. 王莽篡後，文公推數，知當大亂，乃課家人負物百斤，環舍**趨走**，日數十，時人莫知其故。後兵寇並起，其逃亡者少能自脫，惟文公大小負糧捷步，悉得完免。（《後漢書·任文公傳》）
3. 「我有大典正法華經，若能為僕吾當慧報。」佛告比丘。吾聞其言歡喜從命奉侍梵志。給所當得水漿飲食，掃灑應對，**趨走**採果。儲畜資糧，未曾懈廢。（《正法華經》）

4.丙丁**趨走**小子。唯知諂進。(《宋書‧孔熙先傳》)

由上可見與「趨」相連屬的組合，大抵有語義相近及調序次第的限制，「趨步」、「趨走」符合這兩項要求，出現組合數量較多。若與此二者相悖則組合數量甚少，且多有其他意義。如「步趨」、「趨奔」已見於上文所述。「趨行」則常指帶有律動的行路動作：

1.龍逢布武而**趨行**歌曰，造化勞我以生，息我以炮烙。(《符子》)

2.為好故搖身**趨行**，猶若淫女賊女無異。(《四分律》)

至於「走趨」與「奔趨」則皆有兩種用法，其一由於「趨」居於雙音組合次位，而有強調「趨向」的意義，故可帶賓語為及物用法，如例1例2：

1.誕聞軍入，與申靈賜**走趨**後園。(《宋書‧竟陵王誕傳》)

2.東西二伏夾擊之，康祚等**奔趨**淮水。(《魏書‧傅永傳》)

另一種用法則非同義並列，而是反義類義並列用法，「走趨」、「奔趨」，均指速度或急或緩，為不及物用法。

1.使足習周旋**走趨**之列，進退之宜。(《諸葛亮集》)

2.譬如大道，徒以**奔趨**遲疾定其駑良。(《全三國文》)

綜上所言，描述人行速度由緩到急為「行」、「步」、「趨」、「走」、「奔」。又《說文》以「步」、「趨」解「行」；而以「趨」、「走」、「奔」相注解。可見「行」、「步」速度均緩；「走」、「奔」則行動快速，「趨」則通緩通急。雙音組合中亦以速度快慢分為「行」、「步」與「奔」、「走」兩類，「趨」則常與前後之「步」、

「走」組合。人行快速的聚合成員有「奔」、「走」、「趨」、「奔走」、
「走奔」、「奔趨」、「趨走」、「趨奔」、「步走」、「走趨」等。而緩
步而行的聚合成員有「行」、「步」、「趨」、「行步」、「趨行」、「步
行」、「步趨」、「趨步」。「奔」與「奔」的雙音組合均出現於「人行
快速」的聚合中。「奔」為平聲字，故在雙音組合中常出現於首位。
若「奔」位於雙音組合的第二位置時，便有強調「趨向」「到達」目
標的義涵。

1.2 「車馬迅急」義的詞彙聚合及「馳」「驅」衍生聚合

　　具備「速度迅疾」義的「奔」也有和表「車馬行動」義的
「馳」、「驅」、「騁」、「驚」連用的組合。如「奔馳」（例1）、「馳
奔」（例2）、「奔驅」（例3）、「驅奔」（例4）、「奔騁」（例5）、「奔
驚」（例6）等例：

> 1.眾人自勞役，不覺老死至。飢餓乏漿水，如窮鹿**奔馳**。
> 　（《出曜經》）
> 2.輕乘疾馬，**馳奔**求覓，良久乃見。（《出曜經》）
> 3.超借馬騎之，下鞭**奔驅**。（《謝氏鬼神列傳》）
> 4.臣又聞：**驅奔**效駕，先輟於贏駘；翔集賀成，近遺於鎩翮。
> 　（《庾信集》）
> 5.歡欣踴躍，情有無量，是以**奔騁**御僕，宣命周求。（《應休
> 　璉集》）
> 6.故六經紛錯，百家繁熾，開榮利之塗，故**奔驚**而不覺。
> 　（《嵇康集》）

　　《說文》釋「馳」謂「大驅也。」是「馳」含有「迅速」之義

素，可與「奔」組合。至於「驅」、「騁」、「騖」等均有「車馬移動」之義，故亦可與「奔」組合。可由《說文》解釋看出其間小別：

1.「驅：驅馬也。」
2.「騁：直馳也。」
3.「騖：亂馳也。」

「騁」、「騖」就奔馳的定向與否論別，而「驅」指策馬而行，是均可與「奔」連用。更進一步來看，「奔」、「馳」、「驅」、「騁」、「騖」彼此可組合成多項並列結構，如下表列：

	一奔	一馳	一驅	一騁	一騖
奔一		38	1	1	4
馳一	18		26	139	82
驅一	1	146		2	0
騁一	0	3	0		1
騖一	0	0	0	0	0

　　從表格上看，數量多的雙音組合明顯集中於「馳」在前與「馳」在後兩種結構所構成的十字線上，顯示出與「馳」相關的組合形式與數量數量最多，可見「馳」組合能力最強，為此一聚合之核心成員。因為「驅」、「騁」、「騖」等詞大多用以描述車馬移動，相對人之步趨而言，速度自然快速，是故強調「迅疾」義的「馳」可以和「奔」、「騁」、「驅」、「騖」組合。有「奔馳」（例1）、「驅馳」（例2）、「騁馳」（例3）、「馳奔」（例4）、「馳驅」（例5）、「馳騁」（例6）、「馳騖」（例7）等。

1. 有人健行欲隨勒觀其邏疾，**奔馳**流汗恆苦不及。(《高僧傳》)

2. 漢靈帝時，養驢數百，帝自騎之，**驅馳**徧京師。有時駕四驢入市裏。(《金樓子》)

3. 冒愍風塵，**騁馳**師旅，六延梁祀，十翦彊寇，豈曰人謀，皆由天啟。(《徐陵集》)

4. 大聲喚呼，獵師聞已，各各**馳奔**，自還墮弽。(《出曜經》)

5. 鬪雞東郊道，走馬長楸間，**馳驅**未能半，雙兔過我前。(曹植〈名都篇〉)

6. 昔齊人好獵，家貧犬鹿，窮年**馳騁**，不獲一獸。(《全宋文》)

7. 遂垂條為宇，藉草為茵，去櫛梳之勞，息湯沐之煩，頓**馳騖**之彎，塞欲動之門。(《孫廷尉集》)

如果我們將觀察範圍擴展到連動的雙音組合，則能夠發掘出更多的聚合現象。在上述「馳」、「驅」、「騁」、「騖」等單詞中，除了「馳」組合能力甚強之外，「驅」的組合能力表現在連動部份也不遑多讓。為了能夠觀察歷時與南北的變化差異，以下針對《史記》、《魏書》、《宋書》略論「馳」、「驅」的其他連動雙音組合，以見連動組合之一斑。

「馳」在上古便有相當組合能力，如《史記》中常見與「報告義」動詞組成連動式，如：「馳報」、「馳告」、「馳語」、「馳奏」等。

1. 小白詳死，管仲使人**馳報**魯。(《史記·齊太公世家》)

2. 平陽侯頗聞其語，迺**馳告**丞相、太尉。(《史記·呂太后本紀》)

3. 平陽侯恐弗勝，**馳語**太尉。(《史記·呂太后本紀》)

4.令客奉其頭，從使者**馳奏**之高帝。（《史記‧田儋列傳》）

　　《宋書》與《魏書》也有相同類型的語義組合，更新增了雙音組合，如《宋書》有「馳白」；兩書有「馳啟」例：

1.乃遣人**馳白**上，行唱：「驃騎落馬。」（《宋書‧晉平剌王休祐傳》）

2.玄謨令內外晏然，以解眾惑，**馳啟**孝武，具陳本末。（《宋書‧王玄謨傳》）

3.厥明，尚書陸琇**馳啟**高祖於南。（《魏書‧廢太子恂傳》）

　　兩書的「馳聞」（例1、例2）也屬同一類型。「聞」指「使聽聞」。同樣一個告知的事件，「報」、「告」、「語」、「奏」、「白」、「啟」是說話者告知聽話者；而「聞」則是說話者使聽話者聞知。在「馳報」、「馳告」、「馳語」、「馳奏」、「馳白」、「馳啟」的例句中，說話者為主事者，而聽話者為受事者，為雙論元結構。而「馳聞」則為單論元結構，聽話者無須出現。這兩類事件相同，也能夠形成有雙音組合「啟聞」與「告知」之並列結構，義為「報告」「使聞知」。如例3、例4：

1.今絳旗所指，唯裕兄弟父子而已。須剋蕩寇逆，尋續**馳聞**。（《宋書‧武帝紀》）

2.今外寇兵強，臣力寡弱，拒賊備敵，非兵不擬，乞選壯兵，增戍武都，牢城自守，可以無患。今事已切急，若不**馳聞**，損失城鎮，恐招深責。（《魏書‧皮豹子傳》）

3.至小市門曰：「魏主致意安北，遠來疲乏，若有甘蔗及酒，可見分。」時防城隊主梁法念答曰：「當為**啟聞**。」（《宋書‧張暢傳》）

4. 時太史奏虎云，有仙人星見，當有高士入境，虎普敕州郡，有異人令**啟聞**。（《高僧傳》）

《史記》另有與「拜見」義連動的「馳見」，如例1。《宋書》與《魏書》也有此用法，如例2、例3。而《魏書》另增用「馳詣」，如例4。「詣」與「見」為同義詞。有「詣見」（例5）、「見詣」（例6）之組合：

1. 琅邪王信之，以為然，迺**馳見**齊王。（《史記·齊悼惠王世家》）

2. 高祖以其久直勤勞，欲以為東陽郡，先以語迪，迪大喜告亮。亮不答，即**馳見**高祖……（《宋書·傅亮傳》）

3. 延伯**馳見**寶寅曰：「此賊非老奴敵，公但坐看。」（《魏書·崔延伯傳》）

4. 永將心腹一人**馳詣**楚王戍，至即令填塞外壍，夜伏戰士一千人於城外。（《魏書·傅永傳》）

5. 群臣朔望，漏盡**詣見**。生日盡午，須待宴訖，或日暮而不出，百僚饑弊，或至申酉間方出。（《十六國春秋》）

6. 王笑曰：「張祖希若欲相識，自應**見詣**。」（《世說新語》）

上述報告使聞知等均以快馬從事，故用「馳」組合。除了這兩種類型之外，兩書尚有「馳擊」之例（例1、例2）。而《魏書》更增「馳覘」（例3）、「馳祈」（例4）、「馳糾」（例5）、「馳救」（例6）等用語。

1. 袁標遣千人繼至，齊王與永等乘勝**馳擊**。（《宋書·孔覬傳》）

2. 臣祖須整旅電邁，應機**馳擊**，矢石暫交。（《魏書·百濟國

傳》）

3. 倉卒之際，莫知計之所出。乃敕烈子忠**馳覘**虛實。（《魏書·于烈傳》）

4. 今可依舊分遣有司，**馳祈**嶽瀆及諸山川百神能興雲雨者，盡其虔肅，必令感降。（《魏書·肅宗孝明帝紀》）

5. 竊以大使巡省，必廣迎送之費；御史**馳糾**，頗回威濫之刑。（《魏書·王暉傳》）

6. 道生馬倒，為賊所擊，大千**馳救**，賊眾散走。大千扶道生上馬，遂得免。（《魏書·來大千傳》）

此一現象與北人擅鞍馬的文化有關，是以「馳」可與各種動詞連動。上述組合多強調「迅疾」義，是以在表「車馬移動」的各詞中，強調「迅速」義的「馳」能脫穎而出，與各類動詞組合。

另一個組合能力較強的「驅」，除了「移動」之外，還有其他語義成份，和「驅」能夠形成雙音組合的動詞分別都和這些語義成分相關。首先「驅」除了「車馬疾行」義之外，有還有「鞭策車馬使速行」之義。如《詩·山有樞》：「子有車馬，弗馳弗驅」。注曰：「走馬謂之馳，策馬謂之驅。」《說文》釋「驅」謂「驅馬也。」釋文中的「驅」指「鞭策」，由《說文》「鞭」之釋文：「鞭，驅也」可證知。可見「驅」字有「以鞭擊馬」之意，引申有「擊打」義，可與具「擊打」義之單詞組合連用，如《魏書》便有「驅捶」（例1）一語，中古其他文獻如《大智度論》也有「驅打」（例2）之例。而「捶」與「打」義同，可組成並列結構「捶打」（例3）和「打捶」（例4）。

1. 廚兵幕士，方履敗穿，晝暗夜淒，罔所覆藉，監帥**驅捶**，泣呼相望。（《魏書·崔光傳》）

2. 即時將入熱鐵地獄縱廣百由旬，**驅打**馳走足皆焦然。（《大

智度論》)

3. 疾患困篤者悉輿去之，其有無人輿者，匍匐道側，主司又加**捶打**，絕命者相繼。(《魏書‧蕭寶卷傳》)

4. 為弱者輕忍不還報，設當**打捶**亦不興恚。(《出曜經》)

「擊打」的結果可能使被擊打者離去，因此在連動結構中可以和具有「離去」意義的動詞相組合。《宋書》與《魏書》中此種語義組合相當發達。《宋書》有「驅擯」(例1)、「驅除」(例2)、「驅斥」(例4)、「驅逐」(例6)、「驅遣」(例8)；而《魏書》亦有「驅除」(例3)、「驅斥」(例5)、「驅逐」(例7)、「驅遣」(例9)。

1. 此是大家國，今為惡子所奪，而見**驅擯**，意頗忿惋，規欲雪復。(《宋書‧呵羅單國傳》)

2. 使之導引當道伯中以**驅除**也。(《宋書‧百官志》)

3. 臣聞帝王之興也，雖誕應圖籙，然必有驅除，蓋所以翦彼厭政，成此樂推。(《魏書‧崔鴻傳》)

4. 前廢帝殺子鸞，乃毀廢新安寺，**驅斥**僧徒。(《宋書‧天竺迦毗黎國傳》)

5. 此等每有吉凶，寶卷輒往弔慶，不欲令人見之，**驅斥**百姓，惟置空宅而已。(《魏書‧蕭寶卷傳》)

6. 婢炊飯，忽有羣鳥集竈，競來啄噉，婢**驅逐**不去。(《宋書‧五行志》)

7. 常密於灰中藏火，**驅逐**僮僕，父母寢睡之後，燃火讀書。(《魏書‧祖瑩傳》)

8. 有何人乘馬，當臣車前，收捕**驅遣**命去。何人罵詈收捕，詺審欲錄。(《宋書‧孔琳之傳》)

9. 東行驅西面人，南出驅北面人，旦或應出，夜便**驅遣**，吏司

奔馳，叫呼盈路。（《魏書・蕭寶卷傳》）

從訓詁資料來看，「除」、「擯」、「斥」、「逐」、「遣」都有「使離去」的意思，如《重修玉篇》：「除，去也。」；《重修玉篇》：「擯，相排斥。」《廣韻》：「斥，逐也，遠也」。《重修玉篇》解釋「驅」時謂：「逐遣也。」由此我們也能得到一個中古具有「離去」義的同義聚合：「除」、「擯」、「斥」、「逐」、「遣」，他們也同樣能夠形成多樣雙音組合。如宋書有擯斥（例1）、遣斥（例2）、斥遣（例3），《魏書》有斥逐（例4）等雙音組合。

1. 論行於世。舊僧謂其貶黜釋氏，欲加**擯斥**。（《宋書・慧琳傳》）

2. 敬祖既無餘事，直云年老，託為乞郡，潛相**遣斥**。（《宋書・吳喜傳》）

3. 若於本欲消姦弭暴，永存匪石，宜先謹封守，**斥遣**諸亡，驚蹄逸鏃，不妄入境，則邊城之下，外戶不閉。（《宋書・索虜傳》）

4. 世哲至州，**斥逐**細人，遷徙佛寺，逼買其地，廣興第宅，百姓患之。（《魏書・李世哲傳》）

除了使離去外，「擊打」還有另外一種相反的效果，也就是用利用擊打鞭策來引領命令。「率」、「督」與「令」在「引領」這個義位上也是一組同義聚合，如《廣韻》：「率，領也」，《廣韻》：「督，率也。」是以我們在《宋書》中看到「驅率」的組合（例1），而《魏書》中除了「驅率」（例2）之外尚有「驅督」（例3）「驅令」的組合。同樣的這一組「引領」義的同義聚合，也能組合成「督率」（例4～6）一語，並見於《宋書》與《魏書》，「督令」則見於《宋書》。

1.（趙）難**驅率**義徒，以為眾軍鄉導。（《宋書・柳元景傳》）

2.太祖顯晦安危之中，屈伸潛躍之際，**驅率**遺黎，奮其靈武，克剪方難，遂啟中原。（《魏書・太祖道武帝紀》）

3.若先多積穀，安而給之，豈有**驅督**老弱餬口千里之外？（《魏書・李彪傳》）

4.劭登朱雀門躬自**督率**，將士懷劭重賞，皆為之力戰。（《宋書・元凶劭傳》）

5.其勇力之兵，**驅令**抄掠。若值強敵，即為奴虜；如有執獲，奪為己富。（《魏書・袁翻傳》）

6.及叔業疾病，外內阻貳，元護**督率**上下，以俟援軍。壽春克定，元護頗有力焉。（《魏書・李元護傳》）

7.丁壯猶有生業，隨宜寬申；貲財足以充限者，**督令**洗畢。（《宋書・後廢帝傳》）

「擊打」還有「禁止」的作用，這種「擊打」＋「禁止」的語義組合只見於《魏書》。《重修玉篇》：「禁，止也」。「驅禁」指以外力制止。例如下：

> 今求遣國子博士一人，堪任幹事者，專主周視，**驅禁**田牧，制其踐穢。（《魏書・崔光傳》）

然則無論如何，被「驅逐」也好，被「命令」也罷，或是被「禁止」行動。對被「擊打」者而言，此一動作毋寧帶有「逼迫」的義涵。考諸具有「逼迫」義的單詞，《爾雅》謂「逼，迫也」、《說文》「懪，迫也。」是以「逼」、「迫」、「懪」在「逼迫」義上為一同義聚合，《宋書》有「逼迫」（例1）、「懪迫」（例2），而《魏書》尚多「逼懪」（例3）一語。

1. 太宗知琰**逼迫**土人，事不獲已，猶欲羈縻之。(《宋書·殷琰傳》)

2. 又攸之踐荊以來，恒用姦數，既欲發兵，宜有因假，遂乃**麾迫群蠻**，騷擾山谷。(《宋書·沈攸之傳》)

3. 賊以延伯眾少，開營競追，眾過十倍，臨水**逼麾**。(《魏書·崔延伯傳》)

「驅」因擊打而含逼迫義，故可與上述單詞形成雙音組合。在《宋書》有「驅逼」、「驅迫」、「驅麾」(例1、3、4)的組合；而《魏書》也有「驅逼」(例2)一語。

1. 顧命重臣，悉皆誅戮。**驅逼**王公，幽辱太后。(《宋書·鄧琬傳》)

2. 琰將至吳興，賊徒遁走，**驅逼**士庶，奔于山陰。(《魏書·司馬德宗傳》)

3. 今遂**驅迫**妖黨，繕集卒，結釁外城，送死中衢，是而可忍，孰不可懷。(《宋書·沈攸之傳》)

4. 喜乘兵威之盛，誅求推檢，凡所課責，既無定科，又嚴令**驅麾**，皆使立辦。(《宋書·吳喜傳》)

這一類具有「逼迫」義的雙音組合，常見被動用法。有多種被動形式：或用「為所－」結構，如例1；或加被動標記「被」，如例2；或不加任何形式可見的標記，而由上下文見出被動義，如例3、例4。此其較他類組合特別之處。

1. 吾受命西討，止其父子而已。彼土僑舊，**為所驅逼**，一無所問。(《宋書·武帝本紀》)

2. 王及大臣徙入城內，移南岸百姓渡淮，貴賤皆**被驅逼**，建業

淆亂。（《魏書・劉駿傳》）

3. 凡舉大事者，不顧家口。且多是**驅逼**，今忽誅其餘累，正足
堅彼意耳。（《宋書・元兇劭傳》）

4. 梁益人士，咸明王化，雖**驅迫**一時，本非奧主。（《宋書・
袁豹傳》）

　　本小節由「奔」之「迅疾」義出發，繫聯「車馬奔行迅急」的
聚合，得有「奔馳」、「馳奔」、「奔驅」、「驅奔」、「奔騁」、「奔
騖」等雙音組合。也從整個聚合中發現「馳」和「驅」的組合能力甚
強，能夠和其他相關單詞形成多樣的連動結構。這些雙音組合的樣
式和「馳」、「驅」的雙音化歷程息息相關。周玟慧（2012a）曾經統
計《史記》、《宋書》、《魏書》所有「馳」、「驅」相關動詞用法。全
面調查了三書的「馳」、「驅」單音詞用法數量、雙音組合數量、統
計出單音詞用法佔總數比例。此定量調查是就三書所有「馳」、「驅」
用例，扣除名詞用法後，所得的數量，而後從中分別出單音詞用法數
量和雙音組合用法數量，以此計算單音詞佔所有用法中的比例。雖僅
有兩詞個案，然較諸前人[3]做法，僅統計比較一書中所有雙音詞類型
和單音詞，而未論單音詞用法數量，更能顯示雙音化的程度。結果
顯示「馳」在《史記》、《宋書》、《魏書》的單音詞用法在所有「馳」
的用法中所佔比例分別為零點三九、零點三四、零點二四。而「驅」
的單音詞用法比例分別為零點五四、零點三三、零點二五。統計數字
顯示，上古時「馳」的雙音化速率較「驅」為快。就《史記》而論，
「馳」的單音詞的比例僅近四成，使用雙音組合的情況有六成多；
「驅」的單音詞比例則有五成多，使用雙音組合的情況較少。不過發
展到南北朝時期，「馳」、「驅」的雙音化程度已然接近，兩詞的比例

---

[3]　如李仕春（2007a）、李仕春（2007b）、李仕春（2007c）。

甚為相近，由此可見中古時期為雙音化發展迅速的重要時期。

　　另一方面，南北的差異也值得我們重視。從數量上看，《宋書》單音詞還有三成多，而《魏書》已經減少到二成多。從本節討論組合情況看，有些是在原有的類型上增加與新的同義單詞的組合。如馳與「告知」類的連動組合，除了《史記》的「馳報」、「馳告」等組合外，兩書還增加了「馳啟」、「馳聞」的組合。另外一種則是《史記》原無的類型，《魏書》增加了多種新的類型組合，如「馳糾」、「驅禁」等。整個來看，《魏書》的「馳」相較於其他兩書有更多類型的雙音組合。而在同類型中，《宋書》與《魏書》也可能選擇不同的同義詞而組成不同的雙音組合。藉由系統性的比較，我們能夠更清楚的看出南北的差異來。上述數量及類型的差異，可能是北方通語雙音化程度較南方通語為高；也很有可能是「馳」、「驅」的個別現象，值得我們更廣泛地去深入探討其他詞彙聚合。

1.3 「逃走」義的詞彙聚合及其衍生聚合

　　「奔」除了與前述人行移動與車馬移動詞組合外，與具有「逃走」義的詞也能互相組合。這類組合的樣式非常多，由之引申出新的聚合亦不在少數。以《宋書》與《魏書》為例便有「奔逸」（例 1、例 2）、「奔逃」（例 3、例 4）、「逃奔」（例 5、例 6）、「奔亡」（例 7、例 8）、「亡奔」（例 9、例 10）、「奔竄」（例 11、例 12）、「奔遁」（例 13、例 14）、「遁奔」（例 15）、「奔潰」（例 16、例 17）；等組合。其中「奔」居次位時，常有「趨向目標」之義，有及物用法，如例 6 之「逃奔」、例 9 至 10 之「亡奔」與例 15 之「遁奔」；其餘諸詞除「奔竄」可後接人、地名（如例 11）外，均為不及物用法。

1.桂遑、劉越緒諸軍並**奔逸**。(《宋書・孔覬傳》)

2.玄遣裕征之，裕破循于東陽、永嘉，循浮海**奔逸**。(《魏書・島夷劉裕傳》)

3.湛之得書大駭，其夜**奔逃**。(《宋書・殷琰傳》)

4.猛雀與親黨百餘人**奔逃**。(《魏書・張蒲傳》)

5.中山王英統馬步七萬，絡繹繼發，量此蟻寇唯當**逃奔**。(《魏書・田益宗傳》)

6.宋奴之死，二子佛奴、佛狗**逃奔**符堅，堅以女妻佛奴子定。(《魏書・氐傳》)

7.其或**奔亡**播遷，復立郡縣，斯則元嘉、泰始，同名異實。(《宋書・志序》)

8.遣騎十萬，前臨淇漳。鄴遂振潰，凶逆**奔亡**。(《魏書・衛操傳》)

9.及淮南敗還，為慕容冲所攻，**亡奔**姚萇，身死國滅。(《宋書・五行志》)

10.朱脩之遂**亡奔**馮文通。(《魏書・朱脩之傳》)

11.世子腹心蕭欣祖、桓康等數十人，奉世子長子**奔竄**草澤。(《宋書・鄧琬傳》)

12.帝至真定。自常山以東，守宰或捐城**奔竄**，或稽顙軍門，唯中山、鄴、信都三城不下。(《魏書・太祖道武帝紀》)

13.賊超**奔遁**，依險鳥聚，大軍因勢，方軌長驅。(《宋書・孟龍符傳》)

14.昶見城降，於是先走退。諸軍相尋**奔遁**。(《魏書・盧昶傳》)

15.善居**遁奔**茱萸，仍與張引東走武原。(《魏書・尉元傳》)

16.其夜，孫曇瓘、陳景遠一時**奔潰**。(《宋書・孔覬傳》)

17. 高祖南伐，蕭寶卷將陳顯達率眾拒戰。嵩身備三仗，免胄直前，將士從之，顯達**奔潰**，斬獲萬計。(《魏書·王嵩傳》)

由訓詁資料來看，上述可與「奔」組合之「逃」、「亡」、「遁」、「竄」、「逸」、「潰」等詞，就「逃走」義而言處於同義聚合中。如《重修玉篇》:「遁，逃也。」《說文》:「逃，亡也。」《說文》:「竄，匿也，逃也。」《左傳僖公四年》《注》:「民逃其上曰潰。」《重修玉篇》:「逸，逃也」等，均可見「逃走」之義。逃走時往往慌急，故強調「速度迅疾」時便可與「奔」組合。值得一提的是「奔」、「走」常常有有同樣的表現。「奔」與「走」兩詞本義為「快速移動」，說文:「奔，走也」。當「奔」、「走」引申為「逃亡」義時，多半用在交戰失敗的一方，因逃走時多須快速移動故。用作「逃亡」義時「奔」與「走」的單音詞在三書中也有交錯互文使用的情況，如下例1～3。

1. 冀芮曰:「不可，重耳已在矣，今往，晉必移兵伐翟，翟畏晉，禍且及。不如走梁，梁近於秦，秦彊，吾君百歲後可以求入焉。」遂**奔**梁。(《史記·晉世家》)

2. 二年正月，玄復遣高祖破循於東陽。(盧)循**奔**永嘉，復追破之，斬其大帥張士道，追討至于晉安，循浮海南**走**。(《宋書·武帝本紀》)

3. 冬十月丙寅，帝進軍新市，賀麟退阻派水，依漸洳澤以自固。甲戌，帝臨其營，戰於義臺塢，大破之，斬首九千餘級。賀麟單馬**走**西山，遂**奔**鄴，慕容德殺之。(《魏書·太祖道武帝紀》)

　　此外，「遁」、「逃」、「亡」、「竄」、「逸」、「潰」也能兩兩組合形成並列結構。兩書中有「遁逃」（例1、例2）、「逃遁」（例3、例4）、「亡遁」（例5）、「遁逸」（例6）、「逃亡」（例7、例8）、「逃竄」（例9、例10）、「逃逸」（例11、例12）、「逃潰」（例13）、「亡竄」（例14）、「竄逸」（例15、例16）、等。均有「逃亡」義。

1. 後有**遁逃**山谷者頗出，立為冶縣，屬會稽。（《宋書·江州志》）

2. 世宗聞之，甚以慰悅。及駕還宮，禧已**遁逃**。（《魏書·于烈傳》）

3. 去歲送誠朝廷，誓欲立功。自蒙榮爵，便即**逃遁**，殊類姦猾，豈易闔期。（《宋書·劉勔傳》）

4. 圍城之寇，不測所以，各自散歸，脩義亦即**逃遁**。（《魏書·楊侃傳》）

5. 懷至雲中，蠕蠕**亡遁**。（《魏書·源懷傳》）

6. 傷美物之遂化，怨浮齡之如借。眇**遁逸**於人羣，長寄心於雲霓。（《宋書·謝靈運傳》）

7. 唯幼文兄季文、弟希文等數人，**逃亡**得免。（《宋書·杜幼文傳》）

8. 郡民劉簡虎曾失禮於景伯，聞其臨郡，闔家**逃亡**。（《魏書·房景伯傳》）

9. 在軍中，與廞相失，隨沙門釋曇永**逃竄**。（《宋書·王華傳》）

10. 所在貪暴，為有司所糾，**逃竄**得免。（《魏書·王怡傳》）

11. 年及應輸，便自**逃逸**，既過接蠻、俚，去就益易。（《宋書·徐豁傳》）

12. 父睹生**逃逸**得免，嶷獨與母沒內京都，遂為宦人。(《魏書‧抱嶷傳》)

13. 進攻河南城，茂先**逃潰**，追奔至於漢水，拔其五城。(《魏書‧世宗宣武帝紀》)

14. 父洪之，坐浩事誅，祚**亡竄**得免。(《魏書‧郭祚傳》)

15. 臧敦等無因自駭，急便**竄逸**，迷眛過甚，良可怪歎。(《宋書‧臧質傳》)

16. 故遣中書舍人趙文相具宣朕懷，往還之規，口別指授，便可善盡算略，隨宜追掩，勿令此豎得有**竄逸**。(《魏書‧田益宗傳》)

從上述組合例看來，「逃」的組合能力最強。若全面探討「逃」相關的雙音組合，除了上述與「遁」、「奔」、「亡」、「竄」、「逸」、「潰」的組合之外，兩書中尚有「逃走」(例1、例2)、「逃避」(例3、例4)、「逃匿」(例5、例6)、「逃隱」(例7、例8)、「逃伏」(例9)、「逃藏」(例10、例11)、「逃越」(例12)、「逃逋」(例13、例14)。語義上共有的義素為「逃離」，隨著組合的單詞不同而有小異，「奔」強調迅速逃走；而「逋」多指犯罪而逃；「匿」、「隱」、「伏」、「藏」則強調「躲藏」意義。藏躲一類的組合，時或標明躲藏處，也常有及物用法，如例5、7、9與例10。由於「逃」的基本義素即「逃離」，因此在所有的組合中「逃」的組合能力最強。

1. 齡石父綽**逃走**歸溫，攻戰常居先，不避矢石。(《宋書‧朱齡石傳》)

2. 及津之至，略舉家**逃走**，津乃下教慰喻，令其還業。(《魏書‧楊津傳》)

3. 式寶驍勇絕眾，因留守北門，乃率所領，開門掩襲，入其

營，**逃避**得免，式寶得衣帽而去。（《宋書·殷琰傳》）

4. 弈別生弟同，字道度，少為中散，**逃避**得免。（《魏書·李弈傳》）

5. 及高祖北伐，鎮惡為前鋒，康**逃匿**田舍。（《宋書·王康傳》）

6. 唯少子遵，**逃匿**得免。（《魏書·竇瑾傳》）

7. 縣西劫有馬步七十，**逃隱**深棒，盛之挺身獨進，手斬五十八級。（《宋書·劉康祖傳》）

8. 目辰與兄郁議欲殺渾，事泄被誅，目辰**逃隱**得免。（《魏書·宜都王目辰傳》）

9. 一門既陷妖黨，兄弟並應從誅，**逃伏**草澤，常慮及禍。（《宋書·林子傳》）

10. 坐南郡王義宣諸子**逃藏**郡堺，建康令王興之、江寧令沈道源下獄，湛之免官禁錮。（《宋書·褚湛之傳》）

11. 鎮惡被害，康**逃藏**得免，攜家出洛陽，到彭城，歸高祖。（《宋書·王康傳》）

12. 伯忻子儼，**逃越**得免。（《魏書·鄧儼傳》）

13. 叛亡入境，輒加擁護，**逋逃**出界，必遣窮追。（《宋書·沈攸之傳》）

14. 征戍之人，亡竄非一，雖罪合刑書，每加哀宥。然寬政猶水，**逋逃**遂多。宜申明典刑，以肅姦偽。（《魏書·顯祖紀》）

如果再將觀察對象擴展，所有與「逃」相組合的「遁」、「奔」、「亡」、「竄」、「逸」、「潰」、「逋」、「匿」、「隱」、「伏」、「藏」、「越」等單音詞，彼此之間又多兩兩組合的雙音結構。語義上可分為

　　兩大類，一為「逃離」義，如上述所引「逃遁」等，未與「逃」組合的尚有「流」，可形成「流遁」、「流竄」、「流亡」、「流奔」、「流越」、「流散」。另一類基本義為「隱藏」，如「隱匿」、「隱藏」、「隱伏」、「藏匿」，未與「逃」組合者尚有「蔽」一詞，有「隱蔽」、「藏蔽」等。中古時期這樣的雙音組合將近百種。以下我們將就結構及語義等方面來探討這些雙音結構。

　　上述「逃」、「遁」、「奔」、「走」、「亡」、「竄」、「逸」、「潰」、「散」、「流」、「逋」、「匿」、「隱」、「伏」、「藏」、「越」等詞，在互相組合時，有些並無法形成雙音結構，有些組合語義有差別。若僅考察訓詁的話，並無法完全清楚解釋這些問題。例如《說文》五條相關訓解：「逃，亡也。」「亡，逃也。」「遁，遷也；一曰逃也。」「逋，亡也。」「匿，亡也。」表面上看「逃」、「遁」、「亡」、「逋」、「匿」似可相互系聯，有相通之處。深入觀察，可以看出其中「逃」、「亡」互訓，而「遁」訓「逃」，固皆有「逃離」義。不過「逋」與「匿」皆訓「亡也」，實際上「逋」、「匿」卻有不同意義。這是因為「亡」有「逃亡」和「隱藏」兩個不同的義位所致。段玉裁注「逋」引「亡，逃也」一訓，可見「逋」亦是逃亡義；而《玉篇》訓「匿」：「亡隱也」則重在隱藏義。因此在「逃」、「遁」、「亡」、「逋」、「匿」等相關訓解中，唯有「匿」與眾不同，採用「亡」的「隱藏」義而非「逃亡」義。由此可見，訓詁資料還必須多方比較，才能得出真義。此外當單詞可能有一個以上義位時，也必須考慮它在雙音組合裡呈現的是哪一種義位。

　　段玉裁注「亡」時指出「亡之本義為逃」。段注從字形分析，以「亡」為會意字，意指逃亡時「入於迂曲隱蔽之處。」就「逃」這個動作而言，起點在於「逃離」不願安住處，最終則歸往一安全無憂的處所，故往往「藏躲」於隱蔽處，不為原先所欲逃離的對象追

及。是以「亡」有亡逃的「逃離」義也有亡隱的「隱藏」義。也因為如此，在這類逃藏聚合中，具有「逃離」意義的「逃」、「亡」、「遁」、「逋」除可互相組合外，也能與具「隱藏」義的詞組合。《爾雅》「隱、匿、蔽、竄、微也。」郭璞注：「微謂逃藏也。」用的也是「逃」中隱含了「隱藏」的義含。故「隱」、「匿」、「蔽」、「竄」、「藏」等均可與具「逃離」義的詞組合。不過值得注意的是在雙音組合的組成成份中，如果有「逃離」成份的詞，則此雙音結構便有「逃離」義，若僅是「隱」、「匿」、「蔽」、「竄」等「隱藏」義的詞兩兩組合便沒有「逃離」義。如「隱匿」、「隱藏」、「隱伏」、「隱蔽」等僅有隱藏義而無逃藏義。

　　然上述分析僅是大略而言，深入地去觀察我們得到的雙音組合，可以發現有些單詞在中古時期並不能截然劃分為歸於「逃離」或是「隱藏」一類，尤其是具備「逃離」義的詞往往也有「隱藏」的意義。此時我們可以藉由雙音結構的語義來反思單詞在中古時的義涵。由組合的次第來看，具「逃離」義的雙音組合中，僅有「隱藏」義的單詞不能出現在前。從邏輯上來說，逃離的隱藏義必然在逃走的動作之後發生，因此「隱」、「藏」、「蔽」、「伏」、「匿」等詞必然出現在後。是以根據組合次第，可將所有相關的單詞分為四類，首先是僅有「隱藏」義的單詞「隱」、「藏」、「蔽」、「伏」、「匿」。其二為具有「逃離」義的單詞「逃」、「亡」、「逋」、「奔」、「走」。第三類則可以用作「逃離」義也能用作「隱藏」義的「遁」、「逸」、「竄」、「避」。第四類則為僅能與「逃離」義組合的「越」、「散」、「潰」、「流」。在雙音組合中，我們可以清楚的看到前三類的選擇限制與意義的不同：

　　當雙音組合的第一位置是「隱藏」義單詞「隱」、「藏」、「蔽」、「伏」、「匿」時，僅能與本類及第三類單詞「遁」、「逸」、

「竄」、「避」組合，且雙音組合並無「逃離」義。兩個「隱藏」義單詞組合當然只有「隱藏」義，如「藏匿」、「隱匿」、「蔽隱」等。但即便與可能表現「逃離」的第三類單詞結合時，也只能有「隱藏」義。這是因為上述邏輯條件的限制所致，使得第三類動詞在這樣的組合中僅能有「躲藏」的意義，如「隱避」、「伏竄」等。

1. 知王莽當篡，乃變名姓，抱經書**隱避**林藪。（《後漢書·卓茂傳》）

2. 其有失律亡軍、兵戍逃叛、盜賊劫掠**伏竄**山澤者，免其往咎，錄其後效。（《魏書·肅宗紀》）

若第一位置為第二類動詞「逃」、「亡」、「逋」、「奔」、「走」則能與其他三類相組合，與本類組合時罕「隱藏」義，如「逃奔」、「逃越」等。與第一類「隱」、「藏」、「蔽」、「伏」、「匿」相組合時則為「逃離」加上「隱藏」兩義，如「奔伏」、「走匿」等。與第三類「遁」、「逸」、「竄」、「避」相組合時則除了有「逃離」義外，或有「隱藏」義如「逃竄」、「流竄」或無「隱藏」義，如「奔遁」、「逃遁」。

若第一位置為第三類動詞「遁」、「逸」、「竄」、「避」，與本類動詞結合時可以分別有「逃離」和「隱藏」義如「遁竄」、「遁逸」。和第一類動詞「隱」、「藏」、「蔽」、「伏」、「匿」結合時亦然，如「竄伏」、「竄匿」。但與第二類動詞「逃」、「亡」、「逋」、「奔」、「走」結合時則罕有「隱藏」義，如「遁走」、「避逃」，這也因為出現在前位的詞不能是「隱藏」義的緣故。由上述的討論可見，藉由雙音節組合，我們可以將單詞的同義聚合做更為細緻的分別，此為研究雙音組合的作用之一。

1.4　小結

　　藉由與「奔」相關的雙音組合，以及由其同義聚合再衍生出的各式雙音組合，我們可以擴展出一個具有強大延展性的語義網來。

　　「奔」有「移動」與「快速」義。就人行移動而言可與「趨」、「走」組合；而就車馬移動而言可與「馳」、「驅」等組合，均有「迅速」義。而在「人的移動」與「車馬移動」兩個聚合中「趨」與「馳」分別為構詞能力最強的中心成員，主要因為他們的義域最寬[4]，如「趨」可和速度較慢的「行」、「步」組合，也可和表示速度迅疾的「奔」、「走」組合。「馳」可以和定向的「騁」組合，也可以和不定向的「驚」組合，更可以和有鞭策義的「驅」組合。

　　這個語義網中，除了同義的並列組合外，我們也能發現語義相關的連動組合，如「驅」可以和有逼迫義的「逼」、「迫」、「脅」、「懾」連動；也可和使離去的「除」、「擯」、「斥」連動；具禁止義的「禁」、具引領義的「督」、「率」、「令」均能與「驅」連動，則是因為「驅」的「鞭擊」義起的作用。

　　至於「奔」、「走」與具「逃離」義的詞組合，也由於逃走時常是緊急狀態，往往必須迅速離去，因此具備「速度迅疾」義的「奔」、「走」便能和「逃」、「亡」、「逋」、「遁」、「逸」、「竄」等詞組合。深入觀察上述「逃」等詞及其相關組合，我們更能依照組合限制的不同將之分為四類。是以藉由研究雙音組合中除了能夠整理出一

---

[4]　蘇新春（1997）《漢語詞義學》廣東教育出版社、肖曉暉（2010）《漢語並列雙音詞構詞規律研究－以《墨子》語料為中心》，（中國傳媒大學出版社）均已經提及義域寬的詞構詞能力較強，我們在雙音組合裡也發現義域寬的詞組合能力強。

個語義網絡，還能幫助我們細分各單詞的義涵。

更進一步說，我們能以此建構出中古的語義網，也能從中分析出古今南北的異同來。在歷時的比較中，相較於《史記》我們可以看到《宋書》與《魏書》增加了許多新的雙音組合。有些是在舊的語義組合中增加了和新同義詞的組合，如上述「奔」可與具有「逃走」義詞組合，《宋書》與《魏書》多了「奔逸」等五種組合。有些則是增加了新的語義組合。如「驅」在《宋書》與《魏書》中都增加了和「逼迫」義詞彙的組合。單就《宋書》與《魏書》比較，我們也見到了兩書有不同語義組合，如《魏書》的「驅」可以和具「禁止」義的詞組合，而《宋書》未見其例。至於《魏書》中「馳」的多種連動組合，更能見出南北文化的差異來，這正是我們能夠藉以考尋南北異同之處。

此外本文更指出一個重要的研究途徑，藉由動詞的雙音組合，我們可以發現中古非常豐富的同義聚合現象，如上文所示，僅就一組位移動詞，我們可以看到與之相關的大量同義聚合。若由一組同義聚合延伸，探討相關的雙音組合，便能增加新的成員，如由「逼」、「迫」等詞更加尋繹，發現《宋書》有「迫脅」、《魏書》尚有「逼脅」等組合，則可將「脅」加入具有「逼迫」義的同義聚合中。若深入研究「逃走」義的同義聚合，除了可以發現新成員「逬」、「避」之外，還能發現這個同義聚合和另一個具「隱藏」義的同義聚合「隱」、「匿」、「藏」、「潛」、「伏」、「蔽」常見互相組合的情況。但舉「匿」一詞，《宋書》有「逃匿」、「竄匿」；《魏書》則有「逃匿」、「竄匿」、「遁匿」、「亡匿」等組合。由此可見中古時期這種雙音組合值得深入探討，藉由梳理不同的同義聚合能使我們更了解中古詞彙乃至南北異同所在。

2 與「止」相關的雙音組合

從上節討論可以發現兩個重點，其一為中古雙音組合樣式多種，兩單音詞可以因著某一關聯而組合。其二則可發現在這些組合中有一個隱形的鍵結，可以不斷串連延伸出無數的雙音組合來，以此可以探討詞彙間的網絡關係。除了詞義關連外，語法的差異也表現在隱藏的鍵結中，本節將舉「止」為例來討論此一問題。

從《漢語大字典》的解釋中，可見「止」有多種義位。歸納整理可見其中有兩大類關係密切，一為「自止」；一為「止他」。其中《玉篇·止部》：「止，住也。」；以及《詩·商頌·玄鳥》：「邦畿千里，維民所止。」鄭玄《箋》云：「止，猶居也。」這一類的訓詁與注解屬於「自止」。主事者自己停止動作，為單論元不及物用法。而《漢語大字典》引用《論語·微子》：「（丈人）止子路宿。」說明「止」有「使停留，使居住」的意義。又如郭璞注《爾雅》：「戍，遏也。」一句，注云：「戍守所以止寇賊。」此類「止」便是「止他」的用法，主事者使受事者的動作停止，為雙論元及物用法。下兩小節將就「止」的「自止」與「止他」兩義分別討論相關雙音組合。

2.1 「自止」

「止」在雙音結構中為「自止」義時，與之組合的有「停」、「息」。「停」、「止」、「息」都有「停止行動」與「停留休息」兩種義位。「止」之訓詁已見上述。而《廣韻》：「息，止也。」《廣雅》：「息，休也。」也分別說明了「息」的「停止」與「休息」兩種義位。《漢語大字典》解釋「停」時，前兩個義項便是「靜止；止息」

與「停留；暫時居住」。可見這三詞具有共通的兩種義位，由三者組合而成的「止息」、「息止」、「停息」、「停止」也同樣有兩種義位。「停止行動」義例如下，有盜賊停止作亂、海水停止流入、凡夫心識停止流馳等。

1. 為政清簡，明於折獄，姦盜**止息**，百姓稱之。(《魏書‧李訢傳》)
2. 雲廉謹自修，留心庶獄，挫抑豪彊，群盜**息止**，州民頌之者千有餘人。(《魏書‧任城王雲傳》)
3. 時魚聞稱南無佛聲，即時閉口，海水**停止**。諸賈客輩，從死得活。(《賢愚經》)
4. 然凡夫心猶野馬，識劇猿猴，馳騁六塵，不暫**停息**。宜至信心預自剋念，便積習成性，善根堅固也。(《略論安樂淨土義》)

其次，由「停止」義引申出休息停留乃至居住，是由停留的時間由短暫而增長乃至產生居住的意義。如下例1至3，指在樹蔭下暫停休息，停留時間短促。

1. 中路有樹其陰清涼，行人在下憩駕**止息**。(《大般涅槃經》)
2. 譬如夏月暑，**息止**樹下涼。須臾當復去，世間無有常。(《佛說越難經》)
3. 諸有男女入園遊觀**停息**此樹下者。(《出曜經》)

而停留時間逐漸拉長，到最後便有居住義，在四種組合中，「止息」有較長時停留的用法；而「停止」有居住之義。如例1指巡視轄區，停留在驛站教化人民。例2為「化城喻」，為佛陀於法華涅槃時最終要開權顯實，說明以前的小乘教法為權巧方便之教。如同為行旅

之人在中途設置一個中點休息站，一旦休養生息夠了之後，還是要重新上路修習大乘菩薩道，是以止息於化城亦為較長時的停留。至於例3至5的「停止」已經是居住經年的意思了。

1. 每行縣**止息**亭傳，輒引學官祭酒及處士諸生執經對講。見父老慰以農里之言，少年勉以孝悌之訓。人感德興行，日有所化。（《後漢書‧劉寬傳》）

2. 如彼導師為**止息**故，化作大城。既知息已，而告之言實處在近，此城非實，我化作耳。（《妙法蓮花經》）

3. 夏初來至，熱時已到。見此邑清涼水草豐茂，便共**停止**，養食諸馬。（《彌沙塞部五分律》）

4. 先至燉煌**停止**數載。（《全宋文‧大涅盤經序》）

5. 達**停止**通玄寺首尾三年，晝夜虔禮未嘗暫廢。（《高僧傳》）

這一類「自止」義的雙音組合，時或有及物的「止他」用法。如例1「止息物議」與；例2「息止不善」。事實上，這兩例的「止息」與「息止」都是使動用法，「止息物議」即「使物議止息」，而「息止不善法」亦即「使不善法息止」。在例3中我們可以看到使令動詞「令」的例子：

1. 及興宗被徙，論者並云由師伯，師伯甚病之。法興等既不欲以徙大臣為名，師伯又欲**止息物議**，由此停行。（《宋書‧蔡興宗傳》）

2. 云何沙門。謂**息止**諸惡**不善之法**諸漏穢污，為當來有本煩熱苦報生老病死因，是謂沙門。（《中阿含經》）

3. 將來之造，**權令停息**，仍舊亦可，何必改作。（《魏書‧張普惠傳》）

　　此種「止息」與「息止」的使動用法是動詞合併所形成。有關使
動詞的動詞合併過程，業師梅廣先生在梅廣（2003）已經解釋得非常
清楚。此處再借用老師的圖表框架來說明「止息物議」一句的原始結
構與表面形式：

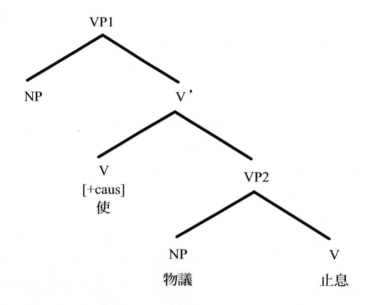

　　「止息物議」一句的原始結構有兩個動詞組，第一個動詞組
（VP1）以帶有使成[+cause]徵性的輕動詞（light verb）為中心詞，
以第二個動詞組（VP2）為補語。「止息」則為第二個動詞組的中心
詞。當VP1中的中心詞為零形式時，VP2的中心詞「止息」就必須
往上移動去填補中心詞的位置，於是就形成表面形式「止息物議」。
利用這種動詞合併的方法讓原來只有「自止」意義的「止息」有
了「使……停止」的使動用法。根據學者研究，上古較常使用動詞
合併手段，如下例1之「罷議」、「止詞」，原始結構也都是「（使）
[+cause]議罷」「（使）[+cause]詞止」。中心詞「罷」、「止」上移與輕

動詞合併之後，就成了「罷議」、「止詞」。中古以後使成式發達，分析式的「使…Ｖ」的用法增多，如例2的例子便不再使用動詞合併的方法呈現使動了。

> 1. 公卿愀然，寂若無人，於是遂**罷議止詞**。（《鹽鐵論》）
> 2. 臣等謬膺大任，不能**使兵革止息**。（《舊唐書·韋嗣立傳》）

2.2　「止他」

本節談的「止他」義－停止受事者的動作，與上小節所論不同，並非由語法結構來，而是在雙音組合時便已有「止他」義，因此和上小節的組合不同。與此類「止」組合的有「防止」與「禁止」，其後接句賓以被禁止的動作為賓語，如下例1至3。然亦有不帶賓語的用法，其語義仍是停止他人動作，如例4乃禁止羌胡之依戀。例5則禁止宿衛在宮中當值之時禁止賭博嬉戲，均為禁止他人動作。

> 1. **防止**一切無量惡作。（《釋摩訶衍論》）
> 2. **禁止**人布施，身亦不自與。後為大身鬼，其口若針鼻。（《佛說分別善惡所起經》）
> 3. 減膳撤懸，**禁止**屠殺。（《魏書·肅宗紀》）
> 4. 羌胡敝腸狗態，臣不能**禁止**，輒將順安慰，增異復上。（《後漢書·董卓傳》）
> 5. 諸宿衛內直者。宜令武官習弓矢，文官諷書傳。無令繕其蒲博之具，以成褒狎之容。長矜爭之心，恣誼囂之慢。徒損朝儀，無益事實。如此之類，一宜**禁止**。（《魏書·韓顯宗傳》）

　　與「禁止他人行動」的雙音組合樣式並不止於此，除了「防」、「禁」、「止」之外，尚有「阻」、「救」、「遏」等，不過此系列的雙音組合較諸上文所舉個案，數量較少，而可兩兩組合的例子也較少，主要集中在「禁」，尤其以「禁止」的一〇二例為大宗；其次則為「防」。茲將用例數量列表於下：

	防	阻	止	禁	救	遏
防		0	1	7	2	24
阻	3		0	0	0	1
止	0	0		0	0	0
禁	16	1	102		0	2
救	1	0	0	0		0
遏	2	0	0	0	0	

　　上述單詞可兩兩相組，如：「防禁」（例1）、「禁防」（例2、例3）、「防救」（例4）、「防遏」（例5）、「遏防」（例6）、「禁遏」（例7）、「禁阻」（例8）、「阻遏」（例9）等，然數量均不多。可見此聚合已經由「禁止」取得優勢。

　　1.津以城內北人雖是惡黨，然掌握中物，未忍便殺，但收內子城**防禁**而已。（《魏書》）

　　2.**禁防**嚴密，斥候不通。（《魏書・于窴磾傳》）

　　3.今小府不置長流參軍者，置**禁防**參軍。（《宋書・百官志》）

　　4.五月一日，當有大水，其變已至，不可**防救**，宜令吏人豫為其備。（《後漢書・任文公傳》）

5. 足以禦彼輕兵，**防遏**游騎。(《宋書·何承天傳》)

6. 晦據有上流，或不即罪，朕當親率六師，為其**遏防**。可遣中領軍到彥之即日電發，征北將軍檀道濟絡驛繼路，符衛軍府州以時收翦。已命征虜將軍劉粹斷其走伏。(《宋書·徐羨之傳》)

7. 或**禁遏**別道，或空稅江行，或撲船倍價，或力周而猶責，凡如此類，不經埭煩牛者上詳，被報格外十條，並蒙停寢。(《南齊書·顧憲之傳》)

8. 夫君美章句，席丈珍梁楚。伊余忝攝官，含毫亦**禁阻**。直廬去咫尺，心期得宴語。(《何寄室集》)

9. 初，高祖幽后之寵也，欲專其愛，後宮接御，多見**阻遏**。(《魏書·皇后列傳》)

這些單詞語義重在「止他」，當要強調禁止一種往來流動或流行狀態時，也可與「斷」、「絕」相組合，如「遏絕」(例1)、「遏斷」(例2)、「斷遏」(例3)、「阻絕」(例4)、「禁絕」(例5)、「禁斷」(例6～7)、「防斷」(例8)、「防絕」(例9)等。最常見的是禁止往來交通，因此賓語可能為道路津渡的交通(例2～5)；或是兩地信使往來(例1)；或是商賈貿易(例10)；或是人與人間的交往(例6)。另一類則是禁止習俗流行，賓語可以是如例7的酒肉祭祀；或是例8之奢華花費；或是經教通行如例11。再者禁止流通盛行莫過於防微杜漸，因此也有阻止發端的用法，如例9。

1. 劉彧東平太守申纂戍無鹽，**遏絕**王使，詔征南大將軍慕容白曜督諸軍以討之。(《魏書·顯祖紀》)

2. 先登陷陳，安民又隨張興世**遏斷**錢溪，別統軍貴口破賊。(《宋書·劉胡傳》)

3. 文靜至東萊之不其城，為虜所**斷過**，不得進。（《宋書·沈文秀傳》）

4. 會蒼梧諸縣，夷越蠢起，州府傾覆，道路**阻絕**。（《三國志·許靖傳》）

5. 聞臣等舉眾，必下詔**禁絕**關津，使驛書不通。（《三國志·毋丘儉傳》）

6. 孫霸字子威，和（同母）弟也。和為太子。霸為魯王，寵愛崇特，與和無殊。頃之，和、霸不穆之聲聞於權耳，權**禁斷**往來，假以精學。（《三國志·孫霸傳》）

7. 又僧尼寺有事四天王迦毘羅神，猶設鹿頭及羊肉等，是事不可，急宜禁斷，若不**禁斷**，寺官任咎，亦同前科。（《全梁文·蕭衍·斷酒肉文》）

8. 朕臨御區宇，撫育黔黎，方欲康濟澆薄，蠲省繁費，奢僭乖衷，實宜**防斷**。（《陳書·後主本紀》）

9. 杜漸除微，古今所務，況禍機驟發，庸可忽乎。臣等參議，宜徙廣州遠郡，放之邊表，庶有**防絕**。（《宋書·彭城王義康傳》）

10. 合浦郡土地磽确，無有田農，百姓唯以采珠為業。商賈去來，以珠貿米。而吳時珠禁甚嚴。慮百姓私散好珠，**禁絕**來去，人以飢困。又所調猥多，限每不充。今請上珠三分輸二，次者輸一，麤者蠲除。自十月訖二月非采上珠之時，聽商旅往來如舊。（《晉書·陶璜傳》）

11. 當自悔言。我前世時志於下劣，所遊土地而興誓願，毀訾大乘**過斷**正教。（《佛說文殊悔過經》）

12. 還到精湖，水稍盡，盡留船付濟。船本歷適數百里中，濟更鑿地作四五道，蹴船令聚；豫作土豚**過斷**湖水，皆引後

船，一時開過入淮中。（《三國志·蔣濟傳》）

而「斷」與「絕」也有雙音組合的例子，多用於表明斷絕狀態，因此前列類型之賓語，在「斷絕」為例句時多見於主語位置。如例1的使臣往來、例2與例3之道路交通、例4與例5之消息音訊。

1. 而荊州水陸無津，交部驛使**斷絕**。（《三國志·許靖傳》）
2. 南杜走吳之道，西塞成都之路，北絕越逸之徑，四面雲集，首尾竝進，蹊路**斷絕**，走伏無地。（《三國志·鍾會傳》）
3. 漢中平二年，洛陽民謠言虎賁寺有黃人，觀者日數萬，道路**斷絕**。（《宋書·符瑞志》）
4. 誨欲得雲論，間在郡紛紛，有所鉤定，言語流行**斷絕**，欲更定之，而了不可以思慮。（陸雲〈與兄平原書〉）
5. 今天下分析，寇賊萬重，四方音信，莫不**斷絕**，俄頃之間，變在不意，何宜父子如此分張？（《魏書·源子雍傳》）

然此等諸詞中亦有共中不共者，分別可與不同聚合的單詞相組合。如「禁」的強制意義甚顯，可與「拘束剝奪自由」的詞相結合，如「拘禁」（例1）、「囚禁」（例2）、「鎖禁」（例3）。囚禁一類的單詞也有互相組合如「拘囚」（例4）、「囚拘」（例5）、「拘鎖」（例6）。

1. 王懼禍，逃匿上洛，尋見追躡，執送京師，**拘禁**多日，以無狀獲免。（《魏書·前廢帝紀》）
2. 又說世宗防衛諸王，殆同**囚禁**。（《魏書·高肇傳》）
3. 至上蔡，為賊所襲，囚送江東，仍被**鎖禁**。（《魏書·董紹傳》）

4. 欲專主威，排妒有功，使湯塊然被冤**拘囚**，不能自明，卒以
　　無罪，老棄敦煌。（《漢書・陳湯傳》）

5. 愚士繫俗兮，窘若**囚拘**；至人遺物兮，獨與道俱。（賈誼
　　〈鵩鳥賦〉）

6. 不可使塵網名韁**拘鎖**，怡然長笑，脫去十洲三梟，相期拾瑤
　　草，吞日月之光華，共輕舉耳。（東方朔〈與友人書〉）

　　「阻」則造成隔離，因此可與「隔」、「離」、「分」、「乖」、組
合，強調「阻隔分開」之義。例如「阻隔」（例1）、「離阻」（例
2）、「分阻」（例3）、「乖阻」（例4）。「隔」、「離」等單詞也能互相
組合，如「離隔」（例5）、「乖離」（例6）、「乖隔」（例7）、「乖分」
（例8）。

1. 關禁**阻隔**莫由克遂。（《高僧傳》）

2. 至晚，因風帆上，前後連咽，西人**離阻**，無復鬥心。（《宋
　　書・謝晦傳》）

3. 先人因時，略有江南。遂**分阻**山川，與魏**乖隔**。（《三國
　　志・孫皓傳》）

4. 不然。彼銳氣盡矣。眾心**乖阻**，人懷苟免，莫有鬥志。
　　（《太平御覽》引《三十國春秋》）

5. 騰由此生嫌，私深怨怒，遂乃擅廢太后，**離隔**二宮，拷掠胡
　　定。（《魏書・韓子熙傳》）

6. 庶白首同居，而**乖離**無象。（《謝靈運集》）

7. 伏想嫂安和，自下悉佳，松上下至**乖隔**十八年，復得一集，
　　且悲且慰。（《王羲之集》）

8. 雖后土之同載兮，實殊代而**乖分**。（《全晉文》）

　　「防」則重於守衛，故可與「守」、「衛」、「備」組成有「防衛守備」義的聚合。有「防守」（例1）、「守防」（例2）、「防衛」（例3）、「防備」（例4）、「備防」（例5）。三詞亦可互相組合，如「守衛」（例6）、「衛守」（例7）、「守備」（例8）、「備守」（例9）、「備衛」（例10）。

> 1. 以寧朔將軍沈邵為安成公相，領兵**防守**。（《宋書·彭城王義康傳》）
> 2. 仇池，南秦之根本，守禦資儲，特須豐積，險阻之要，尤宜**守防**，令奸覻之徒，絕其僥倖。（《魏書·皮喜傳》）
> 3. 宜早正東儲，立師傅以保護，立官司以**防衛**，以係蒼生之心。（《魏書·陽固傳》）
> 4. 乃敕章武王等潛相**防備**。（《魏書》）
> 5. 時失淮北，立戍以**備防**北虜。（《宋書·天文志》）
> 6. 命魯郡修舊廟，置百戶吏卒，以**守衛**之。（《宋書·禮志》）
> 7. 將相次序以**衛守**，九卿珠連而內侍。（《魏書·張淵傳》）
> 8. 崔慧景圍城，欣泰入城內，領軍**守備**。（《南齊書·張欣泰傳》）
> 9. 洞開城門，嚴加**備守**，虜軍尋退，百姓無所傷損。（《南齊書·沈文季傳》）
> 10. 臣謂須得重貴，鎮壓恒朔，總彼師旅，**備衛**金陵。（《魏書·李崇傳》）

至於「遏」之止息義可指平定戰亂，因而可與「平亂使安」的詞相關聯，有「綏遏」（例1）、「靖遏」（例2）。同樣有「綏靖」（例3）的雙音組合。擴而廣之，「綏」、「靖」因有平安義，更可與「安」、

「寧」、「靜」相組合成「綏安」（例4）、「綏寧」（例5）、「綏靜」
（例6）等。由本節討論可見中古雙音組合的豐富多樣。

1. 又詔福行豫州事，與東豫州刺史田益宗共相影援，**綏遏**蠻
   楚。（《魏書·宇文福傳》）

2. 案祉歷宦累朝，當官之稱。委捍西南，邊隅**靖遏**。（《魏
   書·羊祉傳》）

3. 君其茂昭明德，脩乃懿績。敬服王命，**綏靖**四方。（《三國
   志·陸遜傳》）

4. 以君**綏安**東南，綱紀江外，民夷安業，無或攜貳，是用錫君
   大輅、戎輅各一，玄牡二駟。（《曹丕集》）

5. 當今之務，在於鎮安社稷，**綏寧**百姓，未宜動眾以求外利。
   （《三國志·王基傳》）

6. （王）斤**綏靜**胡魏，甚收聲稱。（《魏書·王斤傳》）

綜觀本章討論，在歷時的比較中，相較於《史記》我們可以看到
《宋書》與《魏書》增加了許多新的雙音組合。有些是在舊的語義組
合中增加了和新同義詞的組合，如上述「奔」可與具有「逃走」義詞
組合，《宋書》與《魏書》多了「奔逸」等五種組合。有些則是增加
了新的語義組合。如「驅」在《宋書》與《魏書》中都增加了和「逼
迫」義詞彙的組合。單就《宋書》與《魏書》比較，我們也見到了兩
書有不同語義組合，如《魏書》的「驅」可以和具「禁止」義的詞組
合，而《宋書》未見其例。至於《魏書》中「馳」的多種連動組合，
更能見出南北文化的差異來，這正是我們能夠藉以考尋南北異同之
處。

至於「止」的組合則依句法表現不同，分別有二大類不同的雙音
組合。單論元的「止」與「停」、「息」組合；而雙論元的「止」與

「防」、「禁」組合。由各單音「停」、「息」；「防」、「禁」又能衍生出非常豐富的雙音組合來，這也是本書不斷強調的中古詞彙特色。

第四章
反義並列延伸出的聚合關係

　　中古並列結構特色在於意義相近的結構相當多，藉由詞義的相同相近、相類與相反，人們組合相關單音節詞而形成新的雙音結構，在雙音化發展期，這樣的組合是相當有活力的。並列結構經常形成系列聚合，除了上兩章書例中可見各種同義並列[1]，如「治療」、「營療」、「救療」、「護治」、「救護」均有「醫治疾病」之義「援拯」、「拯援」、「援濟」、「援助」、「拯濟」、「拯助」、「濟拯」都有「援救幫助」之義等等。反義並列結構也有系列聚合的情況，如「出入」、「往來」、「來去」、「往返」、「往反」、「往復」、「往還」都有「行動往來」的意思。反義並列結構聚合現象，就組成成份同異而言有兩類：一者僅有單一組成成份的同義代換，另一成份不變，如「愛憎」與「愛惡」；二者為反義結構的同義聚合，兩個組成成份皆不相同，如「本末」與「首尾」。就意義而言，因每個反義結構可能有一個以上的義項，因此這種聚合系列在語義的關連上也呈現多樣的變化。此外中古時已經有不少反義結構的意義和組成成份個別意義相加不同，透過意義的考辨我們能夠分別出複合詞和詞組的差別。反義複合詞和反義詞組的不同在於詞組僅僅是兩個單詞詞義的相加；而反義複合詞

---

[1]　本書所稱「同義並列」是指由兩個意義相同或相類的成份組成的並列結構，如「朋友」、「喜悅」、「榮華」、「河池」、「川澤」、「揚升」等；而反義並列是指由兩個意義相反或相對的成份組成的並列結構，如「勤惰」、「誅賞」、「黜陟」、「興廢」、「豐儉」、「寬猛」、「毀譽」等。

已經藉由概括、抽象引申、比喻乃至偏指一義的方式產生新詞義[2]。詞組和複合詞異同關鍵便在兩個反義成份結合後是否能夠產生新義。藉由分析語義變化與否，可以研究反義並列義結構屬於詞組或複合詞乃至複合詞義項多寡。上一章同義聚合的討論中，藉由中古詞彙組合不斷延展可以形成語義網絡。在本章中，藉由研究反義並列的特點，我們也將尋出各種聚合關係，並深入討論南北異同現象。

1 與老幼反義並列相關的聚合現象

中古時期「老幼」等反義並列結構形成的同義聚合成員不少，有「老幼」、「老稚」（老穉）、「老少」、「老小」、「老壯」、「耆幼」、「耆少」、「長幼」、「長少」、「少長」、「孩老」、「孩耄」、「童耄」、「童耋」、「嬰耄」等。其中表年幼義的單詞有「嬰」、「孩」、「童」、「幼」、「稚」、「少」、「小」；而表年老義的單詞有「老」、「耆」、「耄」、「耋」。介乎其中表盛年義者為「長」與「壯」。各同義單詞尚可兩兩互組形成同義並列組合。因此研究中古反義並列，不僅可以發掘一系列屬於同義聚合的反義並列結構，如上述「老幼」等；還能得到形成反義聚合的同義並列結構，如「童幼」、「童稚」、「孩幼」與「耆老」、「老耄」、「耄耋」反義。因為反義聚合中包含了單音詞，所以先介紹反義的同義聚合；而後討論皆為雙音組合的反義並列的聚合。

---

[2] 見譚達人（1989）楊吉春（2007）。

1.1 反義的「年幼」與「年老」等同義聚合

　　「年幼」義與「年老」義為一組反義聚合。此一反義聚合中除了單音詞與先秦雙音組合之外，中古時期也產生了新的雙音組合，且多出自南方文獻。至於年歲盛壯義的「壯」與「長」。一偏於年輕，一偏於年長，也可從雙音組合的表現中看出。以下分別先討論「年幼」、「年老」與「年盛」三個同義聚合，再界定出三者間的反義關係。

1.1.1 「年幼」同義聚合

　　研究同義聚合要找出詞的同義關係。有關古漢語同義詞研究，以王鳳陽《古辭辨》為辨析古代同義詞的力作，可作研究參考。中古具有年幼義的「幼」、「稚」、「沖」、「小」、「少」、「蒙」、「童」、「孺」、「兒」、「孩」「嬰」，可與其他同義詞形成雙音組合。《古辭辨》中將「幼」、「稚」置於同一項；而「兒」、「嬰」、「孩」、「孺」、「童」列為另一項，此兩項都在「名物詞」的大類下。這些詞都有指稱年幼的意涵，不過實際指稱的年段在不同文獻記載中多少有別。據《古辭辨》查考經傳訓詁，「幼」一般多指十五歲以下小孩，更多指十歲以下的幼兒。「稚」亦作「穉」，本義為萌芽之禾稼，如《說文》云：「稚，幼禾也。」以此比喻人之幼小。至於另外一組中，「兒」本指出生囟門未閉之小兒，但漢代以後這個意義被「嬰」取代，便轉指「四五歲到十來歲的小孩子」（頁344）。「嬰兒」則由嬰的纏繞意引申為襁褓包裹中的哺乳期的小兒。「孩」古文「咳」，為「小兒笑」之義，故「孩兒」早先指尚不會說話的嬰孩。王氏以為「孩」常用以形容「兒」於是有「幼小」之意。如《廣雅·釋詁》：

「孩，小也。」用「孩」指兒童是從「小」義引申，時代甚晚。「孺子」則原指小兒能爬行學步階段，後來指「兩三歲到十來歲的階段」（頁345）。「童」則引《釋名・釋長幼》：「十五曰童」側重於十五歲的童子義。

《古辭辨》中「少」與「壯」並列；「小」與「細」、「纖」、「微」同項；「蒙」與「闇」、「昏」、「昧」比肩。王氏將此三者均置於「特徵詞」大類中。引《論語》皇侃《疏》：「少，謂三十以前也。」認為在先秦時，少的年限可以到三十歲，故與「壯」同列，不過漢代以後少年的年限逐漸下修到十六歲。至於「小」一詞，王氏引說文：「物之微也。」與「細」、「纖」、「微」等類齊觀，並未特別討論其年段。雖提及「小」有「年齡幼小」義，然引《莊子・逍遙遊》：「小年不知大年」（頁946）似未中的。相較於以八千歲為春、八千歲為秋大椿的「大年」，朝菌與蟪蛄的「小年」誠僅過隙而已，此言年歲之短促而非年齡幼小。當「小」與其他年幼義的詞組合時候，其微小義方限定於年齡幼小，如「少小」、「稚小」等。「蒙」的年幼義則由「蒙昧」引申而來，正如《古辭辨》引孔穎達《左傳僖公九年疏》：「蒙謂暗昧，幼童于事多暗昧，是以謂之童蒙焉。」而論：「『蒙』則經常指幼童的智力未經啟發的幼稚無知狀態」（頁883）

《古辭辨》未收「沖」的年幼義。據孔穎達疏《書・盤庚下》謂：「沖、童聲相近，皆是幼小之名。自稱童人，言己幼小無知，故為謙也。」可見「沖」有年幼義，可為組合成份之一。

這些詞組成了言及幼童或年紀幼小的「幼稚」（例1、例2）、「幼沖」（例3、例4）、「幼小」（例5、例6）、「幼少」（例7、例8）、「幼蒙」（例9、例10）、「沖幼」（例11、例12）、「沖孺」（例13、例14）、「小幼」（例15）、「蒙稚」（例16、例17）、「童幼」（例18、例19）、「童稚」（例20、例21）、「童少」（例22、例23）、

「童蒙」（例24、例25）、「童孺」（例26、例27）、「孩稚」（例28）、「孩嬰」（例29）、「孩孺」（例30、例31）、「孩幼」（例32、例33）、「孩童」（例34、例35）、「孩兒」（例36、例37）、「嬰孺」（例38）、「少小」（例39、例40）、「稚小」（例41、例42）等。

1. 弟妹七人，並皆**幼稚**，撫育姻娶，罄其心力。（《宋書·江秉之傳》）

2. 慮兄弟五人，並各**幼稚**。（《魏書·長孫慮傳》）

3. 是時嗣主**幼沖**，母后稱制，庾亮以元舅民望，決事禁中。（《宋書·五行志》）

4. 于時高祖**幼沖**，文明太后稱制，烈與元丕、陸叡、李沖等各賜金策，許以有罪不死。（《魏書·于烈傳》）

5. **幼小**疾苦，故爾憂勞不可言。（《王羲之集》）

6. 丕請立東宮，詔曰：「年尚**幼小**，有何急之？」（《魏書·東陽王丕傳》）

7. 時昭帝**幼少**，霍光輔政，以孟妖言誅之。（《宋書·符瑞志》）

8. **幼少**之交，非是今始，既無大故，何容棄之？（《魏書·李業興傳》）

9. 若事異今日，嗣子**幼蒙**，司徒便當周公之事，汝不可不盡祗順之理。（《宋書·江夏文獻王義恭傳》）

10. 東宮弱年，未陶訓義，卿儀形風德，人之師表，故勞卿朝夕游處，開發**幼蒙**，一物三善，皆以相奇。（《全北齊文》）

11. 當今主上**沖幼**，宜明典章。（《宋書·桂陽王休範傳》）

12. 帝雖**沖幼**，而嶷然不群。（《魏書·太祖本紀》）

13. 秉率百福之休靈，始加昭明之元服，推遠**沖孺**之幼志，蘊

積文武之就德，肅勤高祖之清廟。(《全漢文・孝昭帝冠辭》)

14. 聖德昭遠，朕以**沖孺**，屬當寶圖，洪基至重。(《魏書・肅宗本紀》)

15. 人生**小幼**，精神專利，長成已後，思慮散逸，固須早教，勿失機也。(《顏氏家訓》)

16. 先帝以桑梓根本，實同休戚，復以**蒙稚**，猥同艱難，情義繾綣，夷險兼備，舊物遺蹤，猶存心目。(《宋書・文帝本紀》)

17. 彥和、季豫等年在**蒙稚**，早登緩絨，失過庭之訓，並未習禮。(《魏書・彭城王勰傳》)

18. **童幼**時，精神端審，時然後言。(《宋書・謝弘微傳》)

19. 臣雖不敏，誠願備之，使後生聞雅頌之音，**童幼**睹經教之本。(《魏書・李訴傳》)

20. 為性好閑，志棲物表，故雖在**童稚**之年，已懷遠迹之意。(《宋書・雷次宗傳》)

21. 琇對曰：「苟非關力，何患童稚。」(《魏書・陸琇傳》)

22. (任育長)**童少**時神明可愛，時人謂育長影亦好。(南朝宋《世說新語》)

23. 凡**童少**鑒淺而志盛，長艾識堅而氣衰，志盛者思銳以勝勞，氣衰者慮密以傷神，斯實中人之常資，歲時之大較也。(南朝梁《文心雕龍・養氣》)

24. 便宜博延胄子，陶獎**童蒙**，選備儒官，弘振國學。(《宋書・武帝本紀》)

25. 不足破秋毫之論，何以解連環之結，本欲止于門內，貽厥**童蒙**。(《全北齊文・上老子道德經注表》)

26. **童孺**時，神意閑審，有異於眾。(《宋書‧邵璞傳》)

27. 少播令譽，然諾之信，著于**童孺**，瑤音玉震。(《全後魏文》)

28. 吾家兒女，雖在**孩稚**，便漸督正之；一言訛替，以為己罪矣。(《顏氏家訓》)

29. 資儲無擔石，兒女皆**孩嬰**。一朝放捨去，萬恨纏我情。(南朝宋《鮑參軍集》)

30. 偉斯藥之入神，建殊功于今世，起**孩孺**于重困，還精爽于既繼。(西晉嵇含《寒食散賦》)

31. 體妙解於當年，而性調和綽，不與凡**孩孺**同數，弱齡便神情峻徹。(《沈約集》)

32. 國之大刑，無所不震，長老**孩幼**，無不畢見。(《全三國文》)

33. (世期) 存育**孩幼**。(《宋書‧嚴世期傳》)

34. 言辭辯淨，字句圓滿非如**孩童**。(《佛本行集經》)

35. 莫不定策帷帟，委事父兄，貪**孩童**以久其政，抑明賢以專其威。(《後漢書‧皇后紀》)

36. 依恃大王，如盲依導，**孩兒**仰母。(《賢愚經》)

37. 又讓漢副將劉尚曰：「城降三日，吏人從服，**孩兒**老母，口以萬數，一旦放兵縱火，聞之可為酸鼻！(《後漢書‧公孫述傳》)

38. 咸以名重見疑，正直貽斃，害加黨族，虐及**嬰孺**。(《南齊書‧蕭穎冑傳》)

39. 自言居漢世，**少小**見豪雄。五侯俱拜爵，七貴各論功。(南朝陳《沈侍中集》)

40. 馮翊王**少小**謹慎，內外所知，在州不為非法，朕信之熟

矣。(《全北齊文》)

41. 恨汝輩稚小，家貧無役，柴水之勞，何時可免，念之在心，若何可言。(《宋書·陶潛傳》)

42. 汝輩既稚小，雖不同生，當思四海皆為兄弟之義。(《金樓子》)

　　觀察上述「年幼」義的雙音組合，發現南北朝時其中幾組雙音組合「孩幼」、「孩童」、「孩嬰」、「孩孺」、「稚小」、「小幼」、「童少」只出現在南方文獻中。若與參照上古文獻，便會發現這些雙音組合都是中古以後產生的。茲將各詞目出現於先秦與魏晉中土文獻的數量統計如下表。粗框部份只出現於南方文獻，而「沖孺」則僅出現於北方文獻。

詞目	先秦兩漢	魏晉六朝	詞目	先秦兩漢	魏晉六朝
童蒙	41	58	沖幼	1	18
幼少	25	46	沖孺	1	1
少小	18	59	孩兒	0	1
幼沖	18	79	孩孺	0	2
幼小	15	38	孩稚	0	4
幼稚	13	49	稚小	0	10
童幼	7	20	小幼	0	2
童孺	3	19	童少	0	2
孩童	3	1	嬰孺	0	3
孩嬰	2	1	幼蒙	0	7

孩幼	2	2	蒙稚	0	7
童稚	2	27			

　　從統計表可以發現，中古時期出現次數較多的雙音組合，都是先秦兩漢前已經出現的組合，如「童蒙」、「幼少」等。此亦為南北「大同」的表現；而中古時期也新增了多種雙音組合，並不見於先秦兩漢，且均為南方新例，每個組合出現的次數都不多，為南北「小異」。同時也可看出南方對新組合的接受度較高。

1.1.2 「年老」同義聚合

　　考諸經傳，《禮記・曲禮》云：「人生十年曰幼，學。二十曰弱，冠。三十曰壯，有室。四十曰強，而仕。五十曰艾，服官政。六十曰耆，指使。七十曰老，而傳。八十、九十曰耄，七年曰悼，悼與耄雖有罪，不加刑焉。百年曰期，頤。」人由幼至老階段皆有特定詞彙，然則在雙音化過程，並不如此拘泥於特定年歲，實則「老」、「耄」「耋」在古代文獻中的稱述年紀亦略有出入：

　　　1.《鹽鐵論》：「丞相史曰：『八十曰耋，七十曰耄。耄，食非肉不飽，衣非帛不暖。』」

　　　2.《釋名》：「七十曰耄。」

　　　3.《說文》：「老，考也。七十曰老。從人毛匕，言須髮變白也。」

　　雖然各書所言在實際年齡上有所不同，然則「老」「耄」「耋」「耆」組成同義並列結構時，均為年老之義。有「耆老」（例1、例2）、「耆長」（例3）、耆耋（例4、例5）、「老耄」（例6、例7）、

「耄耋」（例8、例9）、耋耄（例10）長老（例11、例12）等組合，
其中「耆耄」（例13）只出現於佛經。

1. 芝英者，王者親近耆老，養有道，則生。（《宋書·符瑞
   志》）

2. 雖年在耆老，朝夕不倦，跨鞍驅馳，與少壯者均其勞逸。
   （《魏書·王遇傳》）

3. 臣年衰意塞，無所知解，忝皇放耆長，慚慨內深，思表管
   見，裨崇萬一。（《宋書·江夏文獻王義恭傳》）

4. 伏見處士巴郡黃錯、漢陽任棠，年皆耆耋，有作者七人之
   志。宜更見引致，助崇大化。（《後漢書·黃瓊傳》）

5. 寔諸仁壽，軍民之間，年多耆耋，眷言衰暮。（《全後周
   文》）

6. 後詔書徵（逢）萌，託以老耄，迷路東西，語使者云……
   （《後漢書·逢萌傳》）

7. 桃符還，具稱益宗既老耄，而諸子非理處物。（《魏書·劉
   桃符傳》）

8. 今既老矣，豈能有為，夫以耄耋之年，指麾成務。（南朝梁
   《弘明集》）

9. 大孝榮親，著之昔典，故安平耄耋，諸子滿朝。（《魏書·
   肅宗本紀》）

10. 陛下遠邁先帝禮賢之旨，臣訪沖，州邑言其雖年近耋耄，
    而志氣克壯。（《全晉文·請優禮朱沖疏》）

11. 茂曰：「汝為敝人矣。凡人所以貴於禽獸者，以有仁愛，知
    相敬事也。今鄰里長老尚致饋遺，此乃人道所以相親，況
    吏與民乎？（《後漢書·卓茂傳》）

12. 六年春正月辛亥，車駕行幸定州，引見**長老**，存問之。
（《魏書·世祖本紀》）

13. 作如是言，我婆羅門，久來**耆耄**，猶如祖父。（《佛本行集經》）

茲將統計各組合的數量如下

詞目	先秦兩漢	魏晉六朝	詞目	先秦兩漢	魏晉六朝
耆老	94	105	耄耋	2	6
長老	93	55	**耆長**	1	2
老耆	9	12	耆耄	1	1
耆耋	6	9	耋耄	0	1

在這一組同義聚合中，中古雙音組合出現頻率較高的「耆老」和「老耆」，在先秦兩漢時便是使用頻率較高的詞，南北兩地也都使用這兩個詞，為相同處。只出現於南方文獻的為「耆長」，中古前僅有一例，出自《風俗通義》（例1）時代亦近魏晉。

1. 岱宗上有金篋玉策，能知人年壽脩短。武帝探策得十八，因倒讀曰八十，其後果用**耆長**。（《風俗通義》）

為了更進一步觀察單音詞和雙音詞比例，在上述兩個聚合中，以詞頻高的「幼」和「老」來作比較。「幼」去掉出現在專有名詞的例子，在《宋書》中雙音結構尚有「幼昧」、「幼辰」、「幼君」各一例，「幼年」五例，「幼主」二十四例；而單音詞「幼」的用例則多

達七十七例。《魏書》則有「幼弟」、「幼齡」、「幼志」、「幼孫」各一例,「幼年」五例,「年幼」六例;單音詞的用例也多達一百零五例。至於「老」的情況亦然,單音節的用例均較雙音結構為多,《宋書》有五十例,而《魏書》有五十三例。由此可見在南北朝時期,表達「年幼」或是「年老」的意義時仍以單音詞為多,此亦是南北兩大雅言「大同」之處。

1.1.3 盛年義的「壯」與「長」

「壯」與「長」有年齡盛壯之義。訓詁中將「壯」的確切年段定在三十歲。如《釋名・釋長幼》:「三十曰壯,言丁壯也。」《禮記・曲禮》:「三十曰壯,有室。」至於經傳中「長」的跨距很大,從已行冠禮則長,到年齡老大,都算長。如《公羊傳・隱公元年》:「桓幼而貴,隱長而卑。」何休注《公羊傳・隱公元年》:「長者,已冠也。」《廣雅・釋詁一》:「長,老也。」不過在實際運用上,兩者都指盛壯之年,故可以組成同義雙音組合「壯長」,如例1。不過從「壯」與「長」與其他「年長」或「年幼」的單詞互相組合的例子中,可以發現兩者不同之處。「壯」與「幼」組合時形成同義並列,如例2至例4中「幼壯」「少壯」分別與代表年老義的「疲暮」、「衰暮」、「老病」對舉,可見「壯」與「幼」、「少」並列表「年輕」。例5之「盛壯少年」一語,「盛壯」可用以形容「少年」,亦可見「壯」之近於年幼聚合。「壯」與「老」組合時,形成的是反義並列(例6~7),表示「老年」與「青壯年」。

> 1. 從中識墮業薄從薄凝,從凝稍堅六根,從六根便生,從生兒身,從兒身**壯長**,從**壯長**得老病死身,如是常隨,如是世間輪不斷無所屬。(《道地經》)

2. 昔時**幼壯**，頗愛斯文，含咀之間，倏焉**疲暮**。（《全梁文》）

3. **幼壯**重寸陰，**衰暮**反輕年。（《鮑照集》）

4. 而從緣流二十餘載，在乎**少壯**，故可推斥，今既**老病**，身心俱減。（《全梁文》）

5. 爾時菩薩，**盛壯少年**，可喜端正，興樂花艷，花色之時，捨宮出家。（《佛本行集經》）

6. 子建以為城人數當行陳，盡皆驍果，安之足以為用，急之腹背為憂，乃悉召居城**老壯**曉示之。（《魏書‧自序》）

7. 然則物我不同，或**老壯**情異乎？（《世說新語註》）

「長」的組合恰與「壯」相反，與「年幼」義組合時形成反義並列，如「少長」（例1）、「長幼」（例2）、「長少」（例3）；而與「老」組成同義並列的「老長」（例4）、「長老」（例5）。例5之「少壯」與「長老」相對比，更可見兩者之別。

1. **少長**殊形，陵谷易處，謂之無常，盛衰相襲。（《全晉文‧奉法要》）

2. 固知選士用能，不拘**長幼**，明矣。（《三國志‧秦宓傳》）

3. **長少**死生，萬物敗成，豈有定哉？（《小說》）

4. 高年**老長**，人所尊敬也；鰥寡不屬逮者，人所哀憐也。（《漢書刑法志》）

5. **少壯**面目澤，**長老**顏色麤。麤醜人所惡，拔白自洗蘇。（《應休璉集》）

由此可見在雙音組合中，「壯」近於年幼義之聚合而「長」近於年老義之聚合。

1.2 同義的反義並列聚合

討論過上述反義的「年幼」與「年長」義聚合後，可以發現雙音組合中有一類「反義並列」，其組成成份正是從反義聚合中來。上述各聚合單音詞成員可分別與另一聚合成員組成反義並列如「長幼」（例1、例2）、「少長」（例3、例4）、「老幼」（例5、例6）、「長少」（例7、例9）、「老小」（例10、例11）、「老少」（例12、例13）、「老稚」（例14、例15）、「耆幼」（例16、例17）、「耆少」（例18）、「孩老」（例19）、「孩耄」（例20）、「童耄」（例15）、「童耋」（例21）[3]、「嬰耄」（例22）。

1. 入正覺路，現世兒孫，**長幼**竝願安隱，無餘煩惱鄣礙。（《全梁文》）

2. 所以別父子遠近，**長幼**親疏之序。（《全後魏文》）

3. 詔曰：「今親閱六師，**少長**有禮，領取群帥，可量班賜。」（《南齊書·武帝本紀》）

4. 邦國**少長**莫不憚之。（《魏書·眭夸傳》）

5. 繦負**老幼**，若歸慈母。（《後漢書·莋都傳》）

6. 乙巳，詔以恒、肆地震，民多離災，其有課丁沒盡、**老幼**單辛、家無受復者，各賜廩以接來稔。（《魏書·世宗本紀》）

7. 君子既得其養，又好其辨也。所謂辨者，貴賤有等，**長少**有差，貧富輕重皆有稱也。（《史記·賈誼傳》）

8. 今諸王十五，便賜妻別居。然所配者，或**長少**差舛，或罪入掖庭，而以作合宗王，妃嬪藩懿，失禮之甚，無復此過。

---

[3] 中古「童耄」與「童耋」僅有一例且為異文，姑兩存之。

（《全後魏文》）

9.……且昔為「善哉」今為「瞿所，」**長少死生**，萬物敗成，
豈有定哉？」帝乃大笑。(《小說》)

10. 諸有舉戶**老小**癃殘無授田者，年十一已上及癃者各授以
半夫田，年踰七十者不還所受，寡婦守志者雖免課亦授婦
田。(《魏書‧食貨志》)

11. 用大黃、乾薑、巴豆各一兩，須精新好者，搗，篩，蜜
和，更搗一千杵，丸如小豆，服三丸，**老小**斟量之。(《肘
後備急方》)

12. 吏司奔馳，叫呼盈路，**老少**震驚，啼號塞路。(《魏書‧蕭
寶卷傳》)

13. 又方：大黃、黃連、黃蘗、栀子名半兩，水八升煮六七
沸。內豉一升，蔥白七莖，煮取三升，分服，宜**老少**。
(《肘後備急方》)

14. 使**老稚**轉乎溝壑，惡在其為民父母也？(《孟子‧滕文公
上》)

15. 加以舊章乖昧，事役頻苦，**童耄**奪養，**老稚**服戎。(《宋
書‧武帝紀》)

16. 大射饗飲，飛羽之門，綏宥**耆幼**，不拘婦人，刑女歸家，
以育貞信。(《全漢文》)

17. 王名高海內，義重太山，**耆幼**懷仁，士庶慕德。(《宋書‧
景素傳》)

18. 沙彌復言，汝今不應校量眾僧**耆少**形相，夫求法者不觀形
相唯在智慧，身雖幼稚斷諸結漏得於聖道，雖老放逸是名
幼小。(《大莊嚴論經》)

19. 四鄉所召，莫辯枉直，**孩老**士庶，具令付獄。(南朝齊《蕭

子良集》）

20.往歲擅興戎旅，禍加**孩耄**，罔顧善鄰之約，不惟疆域之限。（《宋書·芮芮傳》）

21.加以舊章乖昧，事役頻苦，**童耋**奪養。老稱服戎。……（《全宋文·江陵平加領南蠻校尉下書》）

22.饘酌秋羊，封塋春髂。**嬰耄**兼梁，鰥孤重帛。（南朝宋《鮑參軍集》）

先將先秦兩漢與魏晉六朝的書例分別統計如下：

詞目	先秦兩漢	魏晉六朝	詞目	先秦兩漢	魏晉六朝
長幼	161	118	耆幼	1	1
少長	60	103	耆少	0	1
老幼	37	51	孩老	0	2
長少	24	11	孩耄	0	2
老小	23	32	童耄	0	1
老少	9	44	童耋	0	1
老稚	2	3	嬰耄	0	1

豐富多樣的雙音組合自為中古詞彙特色，而從數量來看，詞頻最高的幾個組合，也都是先秦兩漢的常用詞，可見中古之大同於先秦。然而在新生的幾種組合中，除了「耆少」僅出現於佛典外，「孩老」、「孩耄」等組合都為南方中土文獻用例，再次顯現出南方較北方多用新詞的現象。

另一個值得關注的問題與反義並列組合語義多有引申有關。這一

類的反義並列，語義上除了簡單的兩義加總，指「老人」和「小孩」外；還有多種引申用法。從並列聯合的「老人和小孩」意義開始，因為人類年齡由小而老，執此兩端，則青壯年亦在其中，由此引申以「老幼」、「少長」等詞泛指所有人：

1. 韓娥還，復為曼聲長哥，一里**老幼**，喜躍抃舞，不能自禁，忘向之悲也。（《宋書・樂志》）
2. 世宗即位，累表乞還。景明初見代，**老幼**泣涕追隨，縑帛贈送，挺悉不納。《魏書・崔挺傳》
3. 京師**少長**，俱稱萬歲。長安酒食，于此價高。（《全陳文》）

如果範圍較狹，限於一家，則「老幼」等詞便是指稱家人：

1. 六年，遷護烏桓校尉，黎陽故人多攜將**老幼**，樂隨訓徙邊。（《後漢書・鄧訓傳》）
2. 既見璞神色不異，**老幼**在焉，人情乃定。（《宋書・沈璞傳》）

至於由年齡的老少兩端概括為詢問「年紀」的含義，猶如以「高低」概括為「高度」，「長短」概括為「長度」一般。例見下。

彼此之情，雖不可盡，要復見朕小大，知朕**老少**，觀朕為人。（《魏書・李孝伯傳》）

在此一「老幼」聚合中，值得注意的是有引申用法的多為詞頻較高延續自先秦兩漢的組合，如「老幼」、「老少」等，已經等於是複合詞的用法了。而南方新興詞彙複合化程度較低，仍多為「老人」和「小孩」簡單加總義。此亦可見雙音化演變的面貌，舊詞彙較多引申，而新興詞彙仍是簡單並列用法。

在上述引申義之中表達所有人的「人民百姓」義，除了「老幼」之外，還有其他的反義並列組合也能引申出「人民百姓」義，如「男女」（例1）、「士女」（例2）、「士庶」（例3）、「民吏」（例4）、「道俗」（例5），時或有四字組合如「民吏老幼」（例6）、「少長貴賤」（例7）等

1. 冬十有一月乙酉，蠕蠕莫緣梁賀侯豆率**男女**七百人來降。（《魏書·肅宗紀》）

2. 圍天水，拔冀城，虜姜維，驅略**士女**數千人還蜀。（《三國志·諸葛亮傳》）

3. 蜀地肥饒，兵力精強，遠方**士庶**多往歸之。（《後漢書·公孫述傳》）

4. 諾之在州，有惠政，**民吏**追思之。（《魏書·尉諾傳》）

5. 國土豐樂，四氣調和，**道俗**濟濟，並蒙陛下光化所被，咸荷安泰。（《南齊書·南夷列傳》）

6. 淑在郡綏撫，甚有民譽。始逾二周，謝病乞解，有詔聽之，**民吏老幼**訴乞淑者甚。（《魏書·蘇淑傳》）

7. 孔子曰：「丘聞之，凡天下有三德，生而長大，美好无雙，**少長貴賤**見而皆悅之，此上德也。（《莊子·盜跖》）

「人民百姓」之所以能用反義並列的組合表義，其中構詞原理是相通的。蓋以反義列出對立的兩端，而後兩端並舉，則包含全體。若就性別分則為「男女」、「士女」；以年齡別則為「老少」；論社會地位則有「士庶」、「民吏」、「貴賤」等。由此可見，社會文化不同則對「人民」概念的二分亦有別，利用這個想法我們可以找出南北的差異，下節將就此深入分析。

2 「泛指人民百姓」的反義並列聚合

　　在上節討論後，當我們更進一步聚焦於南北差異時，「泛指人民百姓」的反義並列聚合提供了一個由社會文化比較南北異同的研究角度。南北朝時期，南北在地理環境與社會政治文化各方面，有明顯的地域差異。在《顏氏家訓》一書中已記載不少南北士族在語言、稱謂、婚姻、嫡庶、游藝等方面的差異。且各方面的差異必然互相影響，〈音辭篇〉所謂：「南方水土和柔，其音輕舉切詣，失在浮淺，其辭多鄙俗。北方山川深厚，其音沉濁而訛鈍，得其質直，其辭多古語。」便是其中一隅。寥寥數語，從地理環境的不同說到語音與詞彙的差別，頗具啟發性。現代學者也從各面向討論南北差異，如梅選智（2011）指出由于地域不同、政治經濟文化與民族風尚之別，使得南北民歌呈現出相當不同樣貌。不單情調有異，南方婉約柔媚而北方剛健質樸；在形式上也不相同，南方形製小巧，多用雙關語，而北方不假雕飾，純抒胸臆。鮑遠航（2007）則以北魏酈道元《水經注》與南朝吳均山水書札探討其中文化異質。高雅梅（2007）則指出南北朝士族文人所處政治、文化環境截然不同，因而影響到南北朝書法觀念。可見南北差異的各層面是環環相扣互相影響的。這些南北地理社會政治文化的差異也必然反映在詞彙上。本節將利用「泛指人民百姓」相關並列雙音聚合來觀察社會文化的差異如何顯現在詞彙南北異同上。

　　泛指人民百姓的詞彙中有一類為反義類義並列結構，如「夷夏」、「華夷」、「僑舊」等，這些詞往往具有時代和南北地域特色。魏晉南北朝時期人民遷徙，造成各族混居情況相當常見。社會上往往有壁壘分明的兩種族群，在北方為華夏民族和外族的差異；在南方則為世居當地與外來僑居者之別。因此可利用反義結構來統稱兩者以泛

指所有人民。

　　上古漢語中稱說外族的詞彙中，以地區劃分的東夷南蠻西戎北狄，最為人所熟知。《禮記》：「其在東夷、北狄、西戎、南蠻、雖大曰子。於內，自稱曰不穀；於外，自稱曰王老。」界定外族的稱謂，便用東夷、南蠻、西戎、北狄指稱。細論則外族隨著時代與地域不同而有不同名稱。如《正字通》提及：「獯鬻，北狄號。夏曰獯鬻、商曰鬼方、周曰獫狁、漢曰匈奴、魏曰突厥，一國異名也。」說明北方的外族在不同的時代有不同的名稱。而蠻夷戎狄各區之中又有各各小國，其數與國名不能盡知。孔穎達《尚書正義》釋「九夷八蠻」曾云：「四夷各自為國，無大小統領。九、八言非一也。」然若統而論之，仍然以四夷為總稱。如《穀梁序》之《疏》云：「四夷者，東夷、西戎、南蠻、北狄之總號。」「蠻」、「夷」、「戎」、「狄」其中任一均可概括指稱與華夏中國不同之外族。在統言無別的概念下，彼此可以互組為「外族」之意。在雙音組合上有「蠻夷」（例1、例2）、「戎狄」（例3）、「戎蠻」（例4）、「戎夷」（例5）、「夷狄」（例6）、「夷蠻」（例7）等。與之相對則常見「諸夏」、「中國」，為彼我之別。

1. 是以**蠻夷諸夏**，雖衣冠不同，言語不合，莫不來至，朝覲於王。（《大戴禮記》）
2. 穿耳施珠曰璫，此本出於**蠻夷**所為也。蠻夷婦女輕淫好走，故以此琅璫錘之也，今**中國人**傚之耳。（《釋名·釋首飾》）
3. **戎狄**豺狼，不可厭也；**諸夏**親暱，不可棄也。（《左傳》）
4. 觀吾之鄉，如**戎蠻**之國。（《列子》）
5. 亦奚羨於彼而棄齊國之社稷，從**戎夷**之國乎？（《列子》）
6. 子曰：「**夷狄**之有君，不如**諸夏**之亡也。」（《論語》）

7.壽夢曰：「孤在**夷蠻**，徒以椎髻為俗，豈有斯之服哉？」
（《吳越春秋》）

時或有四字組合，如例1之「蠻夷戎狄」、例2之「蠻戎夷狄」：

1.**蠻夷戎狄**，不式王命，淫湎毀常，王命伐之，則有獻捷。
（《左傳》）

2.謙、**蠻戎夷狄**，太陰所積。涸冰沍寒，君子不存。（《焦氏
易林》）

與之相對的中國概念除了上述「諸夏」、「中國」等語，亦可稱
「華夏」（例1）

1.楚失**華夏**，則析公之為也。（《左傳》）

這兩組「外族」與「中國」相對概念也可以互組為反義對義並列，有
「戎夏」（例1）、「華戎」（例2）、「夷夏」（例3）等語，也有四字組
合之「諸夏夷狄」。均為「外族與中國」之義，為簡單的意義加總。

1.蕩蕩平川，惟冀之別。北阤幽都，**戎夏**交徧。（揚雄〈幽州
箴〉）

2.右有隴坻之隘，隔閡**華戎**。（張衡〈西京賦〉）

3.明試賦授，**夷夏**已親。（《全後漢文・酸棗令劉熊碑》）

4.**諸夏夷狄**，莫不雍和，故曰「萬國」。（《論衡》）

因此上古漢語中的「夷夏」、「戎夏」均謂「外族」和「漢族」之別。

　　從歷史上看，漢末以降，胡人逐步進逼中原。到魏晉時期，胡人
已入居關中及涇水、渭水流域，對晉都洛陽形成包圍之勢。五胡亂華
之後晉室南遷，北方更成胡人統治局面，北方常有胡漢雜居。二分法

的概念下人民非胡即漢。到了東晉以後上述反義對義並列詞有了新發展，概括衍生出一地「民眾」的複合詞義。《魏書·李韶傳》：「時隴右新經師旅之後，百姓多不安業，韶善撫納，甚得**夷夏**之心。」此處「夷夏」即「百姓」之意。新興的「華夷」（例1、例3）、「華戎」（例4、例5）、乃至「民夷」（例6、例7）皆有此類複合詞用法，「戎」、「夷」指外族而「華」、「夏」指漢族，合中外二族即泛指所有人民。

1. 都中雜遝，戶千人億。**華夷**士女，駢田逼側。（潘岳〈西征賦〉）

2. 國學初興，**華夷**慕義，經師人表，允資望實。（南朝梁任昉〈王文憲集序〉）

3. **華夷**士女，冠蓋相望，扶老攜幼，一旦雲集，壺漿塞野，簞食盈塗。（南朝梁陸倕〈石闕銘〉）

4. 撫納降附，**華戎**歡悅，援才授爵，因而任之。（《宋書·武帝本紀》）

5. 望傾群俊，響駭**華戎**。（《魏書·宗欽傳》）

6. 率文武萬人，先啟岷漢，分遣郡戍，皆配精力，搜盪山源，糾虔姦蠹。威令既行，**民夷**必服。（《南齊書·裴叔業傳》）

7. 在州綏導有方，**民夷**悅之。（《魏書·南平王渾傳》）

上述「華戎」、「民夷」等詞分見於南北，為兩地通用。而「僑舊」一詞僅見於南方文獻，為南方特有語詞。

1. 涪陵太守阮惠、江陽太守杜玄起、遂寧太守馮遷聞涪城不守，並委郡出奔。蜀土**僑舊**，翕然並反。（《宋書·劉道濟傳》）

2. 其大赦天下，復丹徒縣**僑舊**今歲租布之半。行所經縣，蠲田
　租之半。（《宋書‧文帝本紀》）

3. 三月戊申，詔「南徐州**僑舊**民丁，多克戎旅，蠲今年三
　課」。（《南齊書‧明帝本紀》）

4. 刺史張悅躬出臨視，道俗**僑舊**觀者傾邑。（《高僧傳》）

「僑舊」一語產生與東晉南遷關係密切。「僑」指離開祖籍寄居
他地，而「舊」指世居當地之人，以「僑舊」泛指當地所有民眾為
南方新興詞彙；在《魏書》中並無「僑舊」一語。考「僑」字本意
為「高」，《說文‧人部》：「僑，高也」。段玉裁指出後來用為僑居的
意義之後，這個本義就不用了。《段注》：「僑與喬義略同。喬者，高
而曲也。自用為審寓字，而僑之本義廢矣。「僑」的「寄寓客居」義
在先秦時也已經出現，《韓非子‧亡徵》：「羈旅僑士，重帑在外，上
間謀計，下與民事者，可亡也。」此處的「僑士」即「游方客居之
士」。至於東晉南遷永嘉之後，南方的「僑」已經不再是單獨個人的
寄寓客居，而是一大群人的移居事件。而且往往有同州郡縣集體移居
的狀況，因此也有了所謂「僑置」「僑立」州郡縣的措施：

> 《晉書‧地理司州志》：「元帝渡江，亦僑置司州於徐，非本所
> 也。後以弘農人流寓尋陽者僑立為弘農郡。又以河東人南寓
> 者，於漢武陵郡孱陵縣界上明地僑立河東郡，統安邑、聞喜、
> 永安、臨汾、弘農、譙、松滋、大戚八縣，並寄居焉。」

這些成群遷徙的人們，離開故鄉之後，政府別立州縣安頓統治，仍然
採用北方的郡縣名稱，因此稱為「僑立」「僑置」。如上晉書所述，
「弘農郡」、「河東郡」均為北方舊名，而所在已非舊地，乃北方流
民遷徙聚居之處。初期政府憫念流民亡鄉失土，逐食流移，因此對

待這些僑人僑戶和當地故舊在租稅繇役上有所不同，也形成清楚的「僑」、「舊」之別，這也是「僑舊」一語的歷史背景。此語最早出現於《晉書・桓宣傳》：「（桓）宣久在襄陽，綏撫**僑舊**，甚有稱績。」

由以上討論可見，文化社會歷史背景對於研究南北朝雅言的南北異同也是一個好的切入點，配合歷史研究可以對語言有更深入的發現。

第五章
歷時更替與南北異同

　　南北朝時期北方以鄴下、南方以金陵為中心形成了兩大通語。顏之推在《顏氏家訓・音辭篇》中提出了當時南北有別的現象，現代學者頗有留意於此者。魯國堯（2002，2003）更以「顏之推謎題」稱之。認為顏氏所舉乃南北通語之別，並以通泰方言比較研究推測當時的語音差異。然於詞彙部份尚未得解，故其文題稱〈"顏之推謎題"及其半解〉。在上文個案研究中，藉由比較《宋書》與《魏書》的聚合，已經可以略窺中古南北「大同小異」於一隅。不過上文討論聚合問題多著眼於中古詞彙「大同」的部份，並由之建立起詞彙網絡。本章將專從中古詞彙「小異」部份入手，尋找一種更有效率的比較中古南北異同的方法。從上文個案討論我們已經知道中古南北詞彙確有差異，然而此等差異藏隱於浩瀚詞海，彷如數點星塵。如何尋一指南加以定位，則是當務之急。本章將從常用詞更替著手，探求研究南北語異的方法。

　　有關南北詞彙差異，不同於前賢多以單詞研究為主。若能以成系統的雙音組合為研究對象，可免於大海撈針之勞。由上文「馳」、「驅」等相關討論，確實能夠看出南北在雙音化速率與組合上的差異。不過因為為南北詞彙仍是「大同」，大多數的情況中，詞彙表現差別不大。以同一聚合所有成員的出現比例來看，南北單音詞詞頻最高，固不待言；即便在雙音組合中，詞頻高的依然是承繼自魏晉以前的洛陽舊語，想要尋求南北「小異」仍不免事倍功半。

　　在這種情況下，找尋能夠顯示出南北差異的研究對象便非常重

要。設想東晉南渡之初，南方士族所使用通語與北方士族必然相去不遠。然則語言系統向來是與時推移的，這個變動不居的系統分化為二時，南北分別受到各種不同的內因外緣影響，隨著時間流轉，南北兩通語的樣貌便不可能絕無二致。是以若要尋找南北差異，當從詞彙中遷流變化的部份開始，常用詞更替便是一個下手處。在一個動態的常用詞更替演變過程中，當洛陽通語受到政治與江水阻隔，使得南北有不同的發展，形成金陵鄴下兩大通語時，原先的詞彙更替也必然有不同的發展。相較於其他沒有更替變化的非常用詞，詞頻較高的常用詞將更容易顯出南北的差異。以常用詞更替，作為研究南北異同的開端當可收事半功倍之效。

目前常用詞的歷時更替在中古詞彙研究中已佔了一席之地。而學者探討常用詞更替時，也開始注意到南北異同。但由於未考量到中古詞彙的雙音化的特色，這類的研究還有可待開發之處。定量研究是常用的方法，但若是更替發展初期，例證數量不豐，往往無法作為有效論據。這個問題正是古漢語詞彙研究的困難處，不像現代漢語研究有良好的語感作基礎，研究者往往必須依靠書證。過於仰賴數量比較，詞頻不高時難免有證據不足之虞。若能將常用詞更替研究放在一個成系統的架構中，個別例證數量雖少，但在不同結構中仍呈現相同變化時，便有足夠的證據力共同構建出一套規則來。中古漢語正提供了這樣一個環境，我們可以利用中古詞彙雙音組合豐富的特色，配合詞彙歷時更替，建構一種探討南北詞彙差異的系統方法。這也正是本書不斷標舉的鵠的，唯有同時考量中古雙音化的現象與南北的差異，才能對中古詞彙有全面的理解。將常用詞更替的演變放到中古雙音化框架中來觀察，可以清楚看見新舊詞競爭並不單純。單音詞隨著時間變化而新陳代謝，新詞取代了舊詞完成更替。然雙音組合的情況卻相對複雜，舊詞在結合緊密的雙音組合中不容易被更替，尤其是衍生出引申

義的雙音詞更是如如不動；但結構較鬆散的雙音組合則與時俱化，最終被新詞更替。同時考量南北差異的話，更能發現南疾北緩更替速度的差異。

　　本章嘗試以「頭」、「首」的研究作為體現上述想法的示範。「頭」與「首」有歷時更替的關係，我們將分別由同義關係、類義關係與反義關係探究相關的單音與雙音組合，分析其南北異同的情況。

1　具有「頭部」義的「元」、「首」、「頭」之歷時更替

　　「元」、「首」、「頭」三詞均具有「頭部」義。「元」的「頭部」義，蔣紹愚（2005）有詳細說明：「商代金文『元』作象人的頭，這是『元』的本義。這個本義在古書中有所反映，而且有古注加以說明。如《孟子・滕文公下》：『勇士不忘喪其元。』趙岐注：『元，首也』《左傳・僖公三十三年》『狄人歸其元，面如生』杜預注：『元，首也』《說文》所說的『元，始也』，應該是『元』的引申義。」而「首」的甲骨金文為一帶髮之頭像，表「頭部」義。訓詁資料中，「頭」與「首」兩者互為訓解－《說文解字》：「頭，首也。」《廣韻・有韻》：「首，頭也。」

　　馮凌宇（2008）《漢語人體詞彙研究》曾經比較上古漢語「元」、「首」、「頭」的異同，並略述演變。首先在出現年代上，她指出金文裡已經有「元」和「首」，而「頭」則在戰國時代才出現（頁25）。其次在歷時演變上，馮文引《尚書》、《世說新語》、《水滸傳》三書，比較上古中古近代三詞異同。資料雖不多，卻已經能看到一些重要的線索：如就《尚書》來看上古「元」與「首」兩者分工：『『頭部義』主要由『首』來承擔，『元』則主要表由本義引申出來的其他意

義。」（頁25～26）再由《世說新語》和《水滸傳》比較說明，三詞
之中「元」已無表「人頭部」的意義；而「頭」表示「頭部」的用例
在《世說新語》時已經較「首」為多；到了《水滸傳》「首」大多數
的例子已經引申，表「頭部」義的多是複合詞中的語素義。（頁26）
最後在構詞和搭配上也可看到「頭」替代「首」的變化，構詞部份如
「首尾」被「頭尾」取代。搭配關係上：「如『頭』能出現在魏晉以
後普遍使用的『數＋量＋名』的結構中使用」[1]（頁26）也據《水滸傳》
指出「頭」可以出現在「把」字句中；而「首」則未曾出現這些新興
用法。（頁27）

　　馮凌宇（2008）《漢語人體詞匯研究》，指出一個重要的現象，
這些表「頭部」意義的詞除了開始出現年代有先後外，也有重疊的部
份。整體演變上先出現的詞如「元」、「首」到後來多是引申用法；
而後出的詞則常與當代新興用法結合。惜馮文研究取樣甚少，若擴大
研究範圍，以中古傳世文獻詞彙為主，輔以上古資料，更能清楚描繪
出此一演變歷程。以下即嘗試以此勾勒頭部義的常用詞演變情況，並
藉此彰顯中古南北異同。

2　與身體詞組合的並列結構

　　「頭」、「首」可與身體詞組合形成多種並列結構。這些身體詞有
頭部器官的「目」、「眼」、「面」；頸項的「領」、「頸」、「項」；四肢
的「足」、「腳」、「手」與「尾」。並列結構的意義有些僅是單純的
兩義加總，有些已經出現引申義。比較南北書例時，發現南北並列組

---

[1]　馮（2008：27）於此處引《水滸傳》：「你兩個撮鳥，本是路上砍了你兩個頭，兄
　　弟面上，饒你兩個鳥命。」並不是「數＋量＋名」的格式。本書另引《三遂平妖
　　傳》：「轉身到佛殿上，見塑著一尊六神佛。三個頭一似三座青山……」證其說。

合不僅在新舊詞彙的採用上有所不同，是否有引申義亦不相同。北方
多舊詞多引申義；而南方多新詞多單純加總義。

　　在個別討論書例之前，並列結構還有一個先後次序的問題要解
決。既然是並列，意義相當，理應不分大小。然在線性排列上勢必
有先後，孰先孰後有何依據？已有不少學者論及：陳愛文、于平
（1979）就現代漢語語料分析認為「意義」和「聲調」為決定並列雙
音詞字序的兩個主要因素。而李思明（1997）則藉由分析《朱子語
類》並列合成詞以為：「決定這些詞的詞素排列次序的因素有如下三
個方面：語音、意義和習慣。」整理其說李氏以為在語音方面非但聲
調影響詞序[2]，聲母亦應加以考量[3]。在意義方面則由等級、始末先後、
整體部份、感情色彩、顛倒成詞[4]等決定並列先後次序。最後則以習
慣說明無法以語音、意義解釋者。以上各因素，均言之成理，然而實
際運用卻須隨時制宜。往下討論各種組合時，也將著意於次第問題，
尤其在解釋何以僅有ＡＢ而無ＢＡ的組合時，以上諸般因素皆須列入
考量，以期更清楚呈現出南北差異。

---

[2]　李氏整理就聲調而言，依平上去入先後次序，順此為順序，如平上、平去、平入、
　　上去、上入、去入。逆此則逆序，如上平、去平、去上、入平、入上、入去。就其
　　分析二四五二個合成詞來看，順序為主，佔百分之六二點二，其次為同序，佔百分
　　之二八點二，而逆序最少，僅百分之九點六。可見並列合成詞的詞素次序多按聲調
　　先後排列。

[3]　再就聲調同序者觀之，猶有聲母清濁排序之異，順序為前清後濁，同序為同清或同
　　濁，逆序則為前濁後清。在六九二詞中聲母順序佔百分之四一點九、同序佔百分之
　　五二點二、逆序佔百分之五點九，仍以逆序最少，可見聲母清濁次序亦影響並列詞
　　詞序。

[4]　等級次序影響成詞如君臣、天地；始末先後影響成詞如首尾、注疏；整體與部份影
　　響如面目、身心；依感情色彩排序則謂將帶有褒揚、美好義者置前而貶抑醜惡義者
　　置後，如成敗、是非。至若顛倒成詞一項，則不當列於此處討論。

2.1 「眼」「目」與「頭」「首」的組合

　　「眼」與「目」、「頭」與「首」為兩對有更替演變的詞。新詞「眼」與「頭」分別替換舊詞「目」與「首」。不過「眼」、「目」更替速度較「頭」、「首」為緩，因此中古時「眼」、「目」這組詞以舊詞素「目」的組合力較強；而「頭」、「首」這組詞則是新詞素「頭」的組合力較強。雙音組合上有皆用舊詞素的「首目」；雜用新舊詞素的「頭目」；與全用新詞素的「頭眼」。在這個系列的雙音組合中，沒有「目首」、「目頭」、「眼頭」的例子。主要是因為這樣的調序排列「入上」、「入平」、「上平」不符合常見的「平－上－去－入」的調序排列，因此只能有「首目」、「頭目」、「頭眼」的排列而沒有反序的例子。至於沒有「首眼」與「眼首」，主要的問題並非調序，而是因為「頭」的歷時更替要早於「眼」的更替。中古時期「頭」已經替代「首」成為表示「頭部」意義的常用詞，有可能和新詞素「眼」組合，不過仍以和「目」組合為常。至於「眼」還在初期的發展階段，多在口語與佛經中出現，口語性強的新詞素「眼」便不太可能和舊詞素「首」組合。

　　均用舊詞的「首目」指「頭部」和「眼睛」兩義簡單加總的僅有一例，如例1。其餘均為引申用法，指「篇章條目」之意，如例2。

　　1.帝嘗喜以彈彈人，以此忌景，彈景不避**首目**。（《全晉文·
　　　奏永寧宮》）
　　2.乃悉撰次**首目**，為之解釋，名曰《百官箴》，凡四十八篇。
　　　（《後漢書·胡廣傳》）

　　新舊夾雜的「頭目」與均用新詞素的「頭眼」在中古文獻中都是

單純的兩義相加，為「頭部和眼睛」的意思。因為是較鬆散的並列，也有多於兩詞以上的並列組合，如「頭目腦髓」（例3）、「頭眼體節枝幹足髓腦血肉」（例5）「身手足頭目髓腦」（例6）等。「頭目」南方的用例（例1、例3）多於北方（例2）；「頭眼」除了佛經之外，只見於南方（例4）。

1. 公孫淵時，襄平北市生肉，長圍各數尺，有**頭目**口喙，無手足，而動搖。（《宋書‧五行志》）

2. 成都北鄉有人望見女子避入草中。往視，見物如人，有身形**頭目**，無手足，能動搖，不能言。（《魏書‧李勢傳》）

3. 石壁山河，珍車寶馬，**頭目髓腦**，妻子國城，鑾輅龍章，翠帳玉几，福德所感，威惠所及，莫不肅然大捨，供養三尊。（南朝《江總集》）

4. 奉月初告，承極不平復，**頭眼**半體疼恒惡。（《王獻之集》）

5. 行菩薩者，當自觀身四大為家，猶如藥樹。其有眾生，欲得我身**頭眼體節枝幹足髓腦血肉**，恣意與之。（《等集眾德三昧經》）

6. 汝等遇我不應空過。我於往昔種種苦行，今得如是無上方便，為汝等故無量劫中捨身**手足頭目髓腦**。是故汝等不應放逸。（《大般涅槃經》）

此系列組合中，南方的更替進展較北方快速。以「眼」為例，北方史書出現的「眼」多為人名，如楊大眼、傅豎眼、鶱小眼等；或俗語如千里眼、白眼羌，罕見「眼」更替「目」的例子。而《宋書》已有十數例為「眼」更替「目」的例子（詳見第一章引述）。因此皆為新詞素所組合的「頭眼」僅出現於南方文獻中，也就不足為奇了。

2.2 「面」與「頭」「首」的組合

　　「頭」、「首」與面字連用時，前後組合兩者次第不同，「頭」在「面」前，沒有「面頭」的組合，符合平聲在去聲前的音律。然「面」與「首」組合時，符合音律的「首面」僅有一例；「首」多在「面」後，雖不合上聲在前的音律，此處卻與意義相關，因「面首」一語中首多作「髮」義解，以「頭」而論「面」前而「髮」後，故稱「面首」，可見並列的次第非僅音律一端。

　　「首」與「面」並列組合有「首面」、「面首」兩種。「首面」數量甚少，一義指「頭與臉」，如例1與例2。此義與「頭面」指「頭部和臉部」的用法相同，因此在魏晉以後多為「頭面」所更替：

1. 太陰司天，客勝則**首面**胕腫，呼吸氣喘，主勝則胸腹滿，食已而瞀。（《黃帝內經》）
2. 純頭沙彌乘虛空至，彼青衣神鬼數百之眾皆前迎逆。或前收攝衣者、或持淨水洗手足者、或以淨巾拂拭**首面**者、或以香湯沐浴身體者。（《出曜經》）

另一種用法指「頭髮和臉部」，如蔡中郎〈女訓〉：

心猶**首面**也，是以甚致飾焉。……故覽照拭面則思其心之潔也；傅脂則思其心之軟也；加粉則思其心之鮮也；澤髮則思其心之順也；用櫛則思其心之理也；立髻則思其心之正也……。（《蔡中郎集》）

將修心與整容整髮的動作比類，將心與「頭髮」和「臉部」合觀，是以此處的「首面」為「頭髮和臉部」的並列義。「首」有與頭部部份

義「頭髮」義通之例，早見於《詩經・伯兮》：「自伯之東，首如飛蓬。豈無膏沐，誰適為容！」用以膏沐者自然為頭髮，是以此處如飛蓬之「首」指稱的即是「頭髮」。「頭」與「首」之「頭髮」義在下一節有更詳細的討論。

　　至於「面首」共有二十例，其意有二，在佛經資料中則均為「臉面」之意，例如：

　　　　1.生一男兒，**面首**端正。（《賢愚經》）

中古文獻也有類似用法：

　　　　1.昔鑄像初成而**面首**殊瘦，諸工無如之何，乃迎顒看之。顒曰：「非面瘦也，乃臂胛肥耳。」既鑢減臂胛而面相自滿。諸工無不歎息。（《高僧傳》）
　　　　2.**面首**無七孔。（《郭季產集異記》）

　　不過在非佛經文獻中，「面首」另有他義。此類組合中「面首」語義引申融合產生新義；指青年男子，南北文獻均有例證。此義據胡三省注《資治通鑑》「面首」一詞謂：「面取其貌美，首取其髮美」。故此處的「首」不單指「頭髮」更引申為「亮麗的頭髮」，而有「俊美的容貌」和「亮麗的頭髮」的自非年輕力壯的青年莫屬。且中古時「面首」與「姿首」相對，前者指青年男子而後者指年輕女子，陳濟注《資治通鑑綱目》作《正誤》便指出：「魏明帝選有姿首者納之掖庭，姿首即面首，但彼為女子耳。」正說明了此二詞在運用上有性別之差異。下二例之「面首」便是指年輕男子而言：

　　　　1.枉殺隊主嚴祖，又納**面首**生口，不以送臺，免官。（《宋書・臧質傳》）

2.孝武末年，作酒法，鞭罰過度，校獵江右，選白衣左右百八十人，皆**面首**富室，從至南州，得鞭者過半。（《南齊書·倖臣傳》）

甚且有特定用法，專指稱女主之後宮，亦皆年輕貌美之男子：

1.為主置**面首**左右三十人。（《魏書·劉子業傳》）
2.帝乃為主置**面首**左右三十人。（《宋書·前廢帝本紀》）

至於「頭面」並列，兼指頭與臉。即便部份側重「面」義者，由於「面」為「頭」之部份，亦不能完全排除「頭部」義。南北文獻俱有，如下例1至例4。有兩處引申用法（例5～6），指頭面著地之禮，乃由佛典中來。

1.賊因斫驃，綜抱父於腹下，賊斫綜**頭面**，凡四創，綜當時悶絕。（《宋書·潘綜傳》）
2.延昌四年七月，徐州上言陽平戌豬生子，**頭面**似人，頂有肉髻，體無毛。（《魏書·靈徵志》）
3.遂屏除左右人，便漸漸額出，次**頭面**出，又次肩項形體頓出。（《搜神後記》）
4.夜夢有一人，面皺皰甚多鬚，大鼻瞷目，請之曰：「愛君之貌，欲易頭，可乎？弼曰：「人各有**頭面**，豈容此理？」（《幽明錄》）
5.聞大華而躍踊，**頭面**伸其盡禮。（《全梁文》）
6.是比丘歡喜敬諾受僧敕命。**頭面**禮僧右遶三匝。（《出三藏記集》）

「頭面」一語在中古時期最常見於佛經，有一特定用法，指一種非常

恭敬的禮容，雙手交叉扶持著頭臉，然後低頭到地面碰觸被禮敬者之足部，如例1、例2所示。《大智度論釋》解云：「禮有三種。一者口禮。二者屈膝頭不至地。三者頭至地，是為上禮。人之一身頭為最上，足為最下，頭禮足恭敬之至。」說明了頭面禮的方式與恭敬程度。

1. 叉手持**頭面**從三界皆作禮彼。（《道地經》）
2. 優波鞠多還房見尊者商那和修，**頭面**著地接足作禮在前而坐。（《阿育王傳》）

動作與中國稽首禮相近，故有與「稽首」連用者。

1. 以**頭面稽首**禮佛足卻住一面。（《佛說道神足無極變化經》）

有各種不同的說法：有以「手扶持頭面」然後「低頭著地禮足」連動式說明者。此時「頭面」為「持」的賓語，例如：

1. 都持散曇無竭菩薩及諸菩薩上，前**持頭面**著足已。（《道行般若經》）
2. 叉手**持頭面**從三界皆作禮彼。（《道地經》）
3. 起作禮**持頭面**著師足去。（《大比丘三千威儀》）

或以介賓修飾動詞組的句式說明，此時「頭面」為介詞「以」的賓語，如：

1. 四佛來到我所，便**以頭面**作禮。諸佛言：「有不可議怛薩阿竭署。……」（《文殊師利問菩薩署經》）
2. 即**以頭面**禮於佛足卻住一面。（《悲華經》）
3. 晡時至佛所，前**以頭面**著佛足，卻坐一面。（《般舟三昧

經》）

4.若當學若當事，聞之則**以頭面著**地。（《文殊師利問菩薩署
經》）

簡略言之則可省略「頭面」前的動詞「持」或介詞「以」，在小句中
便形成了主謂形式，「頭面」成了小句主語。其後的動詞組分為三
類，一類著重說明低頭及地，使用「著」、「到」為主要動詞：

1.遙散佛上散已來詣佛所，**頭面著地**為佛作禮卻住一面。
（《放光般若經》）
2.若聞是香所有身心苦惱之疾悉得遠離，如是**頭面到地**。
（《悲華經》）

另兩類則重在指出禮貌，其一以「作」、「為」為中心詞，賓語為
「禮」，如下例：

1.以天名花而散佛上，來詣佛所**頭面作禮**。（《放光般若經》）
2.朝中人定不失三時，**頭面為禮**懇惻至心。（《佛說成具光明
定意經》）

其二則以「禮」為中心動詞，也是三類中最常見的一類。動詞除了
單音節的「禮」之外，也使用與「禮」相關雙音組合「禮敬」、「敬
禮」、「禮拜」、「頂禮」，呈現出中古時期雙音組合豐富多樣的特
色。這些系列動詞，在語法表現上有及物與不及物的用法，呈現出不
定型過渡態的情況，也是中古的特色[5]。帶賓語的例句如下：

---

5 中古與禮敬相關的雙音組合有「禮敬」、「敬禮」、「禮拜」、「拜禮」、「禮事」、
「敬奉」、「奉敬」、「事敬」、「敬事」、「敬拜」、「拜敬」、「奉拜」、「拜奉」等形
式多樣，在語法上有及物用法、不及物用法與兼有兩者等，為中古漢語特色。

1. 阿闍世王見尊者時**頭面禮足**合掌而言。（《阿育王傳》）

2. 時華臺中諸菩薩等，悉從座起**頭面禮佛**。（《大集經》）

3. 諸人即得前至佛所，到已**頭面禮敬佛足**。（《大集經》）

不帶賓語的不及物例句如下：

1. 如是諸世尊，我今**頭面禮**。（《十住毘婆沙論》）

2. 尋從座起悲泣淚出。叉手合掌向是梵志，**頭面敬禮**，而說偈言（《悲華經》）

3. 見釋迦牟尼佛，**頭面禮敬**右遶萬匝。（《大雲無想經》）

4. 爾時梵天，見已即生恭敬之心。**頭面禮拜**作如是言。（《大集經》）

　　這一系列的組合中「首面」到了中古已甚罕見，不分南北表「頭與臉部」義的「首面」已為「頭面」所替代。至於「面首」因有引申指「年輕男子」之新義，已成複合詞，故其中的「首」不被「頭」所更替。南北文獻均見例證。至於「頭面」表「頭與臉部」義，在南北文獻中也沒有明顯的不同。

2.3 「領」「頸」「項」與「頭」「首」的組合

　　《說文》：「領，項也。」領為人體脖頸。《古辭辨》提到：「『項』、『頸』、『領』在指脖子上有個大體的分工：除了『領』指脖子以外，『項』主要指脖子的後部，『頸』則主要指脖子的前部。」（頁122）並引《說文》：「項，頭後部也。」與《廣韻》：「頸在前，項在後。」為訓。不過在中古的雙音組合中，「首領」、「頭頸」、「頭項」指「頭部與脖子」的意義時，似並不特別強調其中的差異。中古

以後「領」表「脖頸」的用法為「頸」、「項」所更替。此類組合以義序為主，頭在頸脖之上，因此雙音組合均以「首」、「頭」為先，如「首領」、「頭領」、「頭頸」、「頭項」等。

「首領」一詞除了指「頭和脖子」（例1）之外，常引申為性命之意。在上古時期已有此用法，如例2至例3。時至中古，這類用法無論南方或北方皆常見，如例4至例6。又因為首領為人體重要部位，因此可用以譬喻「領導之人」，有一例出自《魏書》（例7）。

1. 且夫制城邑，若體性焉，有**首領**股肱，至于手拇毛脈，大能掉小，故變而不勤。（《國語・楚語》）

2. 若以大夫之靈，得保**首領**以沒。（《左傳・隱公三年》）

3. 聖人者日新，改作更始，使老者得息，幼者得長，各保其**首領**而終其天年。（《史記・匈奴列傳》）

4. 車騎下車，抱術曰：「族弟發狂，卿為我宥之！」始得全**首領**。（《世說新語》）

5. 吾等獲免刀鋸，僅全**首領**，復身奉惟新，命承亨運，緩帶談笑，擊壤聖世。（《宋書・袁顗傳》）

6. 臣本國不造，私有虐政，不能廢昏立德，扶定傾危，萬里奔波，投陰皇闕，仰賴天慈，以存**首領**。（《魏書・劉昶傳》）

7. 朝廷初以鐵券二十枚委津分給，津隨賊中**首領**，間行送之，脩禮、普賢頗亦由此而死。（《魏書・楊津傳》）

至於中古「頭領」僅有《宋書》一例，為領頭負責之人，意近《魏書》之「首領」：

其間又有應答問訊，卜筮師母，乃至殘餘飲食，詰辯與誰，衣被故敝，必責**頭領**。（《宋書・后妃傳》）

就此一「領導負責人」義位而言，《魏書》使用較古的詞素「首」組成的「首領」；而《宋書》使用新詞素「頭」組成的「頭領」，同樣顯示了在正式文獻中，南方文人較北方文人更常使用新詞語的現象。

至於「頸」、「項」僅與「頭」組合，也僅出現於南方文獻，如下例：

1. 晉太元中，汝南人入山伐竹，見一竹中蛇形已成，上枝葉如故。又吳郡桐廬人常伐餘遺竹，見一竹竿雉**頭頸**盡就，身猶未變，此亦竹為蛇，蛇為雉也。(《異苑》)
2. 消息亦不可不恒精以經心，向秋冷，疾下亦應防也。獻之下斷來，恒患頭項痛，復小爾耳。(《王獻之集》)
3. 前如外者，足太陽也。動，苦**頭項**腰痛，浮為風，濇為寒熱，緊為宿食。(《王氏脈經》)

同樣也反映出南方文獻使用新詞語的現象。

2.4 「腳」「足」與「頭」「首」的組合

「足」與「腳」也是一對有更替演變的詞。在中古時期「腳」更替「足」的速度也比「頭」更替「首」緩慢，南北文獻的表現也有差異。雙音組合上也一樣有皆用舊詞素的「首足」、雜用新舊詞素的「頭足」與全用新詞素的「頭腳」。沒有「足首」、「足頭」的原因，一方面是「足」為入聲從調序上看多不置前。另一方面從意義習慣上看，通常頭首在下在先，而腳足在下在後。沒有「腳頭」的原因也同樣是違反了調序和義序。至於沒有「腳首」、「首腳」的主要原因也和「首」不與「眼」組合的原因一樣。「腳」的歷時更替晚於

「頭」，中古時「首」已不及「頭」常見，組合力較「頭」為弱。而「腳」為新興口語詞，組合力亦不及「足」，因此沒有「首」和「腳」組合的例子。

兩個舊詞素組合如「首足」，南北文獻均有，也有引申為「從頭到腳」的用法，而非僅指「頭」和「腳」。

> 1.洪之志性慷慨，多所堪忍，疹疾灸療，艾炷圍將二寸，**首足**十餘處，一時俱下，而言笑自若，接賓不輟。(《魏書‧李洪之傳》)
>
> 2.通以大袈裟覆食蒙**首足**。(南朝梁《陶弘景集》)

雜新舊語素之「頭足」只出現於南方文獻如《宋書》、《高僧傳》：

> 1.末世之伎，設禮外之觀，逆行連倒，**頭足**入筥之屬，皮肩外剝，肝心內摧。(《宋書‧樂志》)
>
> 2.度嘗動散寢於地，見尚從外而來以手摩**頭足**而去。(《高僧傳》)

兩個新詞素組合的「頭腳」，僅見於北朝口語性強的著作《齊民要術》與南方的《異苑》一書。

> 占者云：有王氣。宣武仗鉞西下，停武昌，令鑿之，得一物，大如水牛，青色無**頭腳**，時亦動搖，斫刺不陷。(南朝宋《異苑》)
>
> 《食次》曰：「熊蒸：大，剝，大爛。小者去**頭腳**。(北魏《齊民要術》)

由這個系列一樣可以發現常用詞更替組合的表現南北有不同處。

有新詞素的「頭足」與「頭腳」均可見於南方文獻中，而北方則以口語性質較強的文獻，尤以《齊民要術》為代表，方可見具有新詞素的雙音組合。同樣呈現了南方文獻中較多用新詞組合的現象。

2.5 「尾」與「頭」「首」的組合

「頭」、「首」與「尾」的組合次第，蓋以義序為主。故多「首尾」、「頭尾」，而無「尾頭」。其中「頭尾」多出現於南方文獻，為南北之別。

南北朝時期「首尾」的用例相當多，已非單純的「頭部」「尾部」兩義相加。引申出多種用法。有「從開始到結尾」用以計量時間（例1、例2），或空間（例3）或計量書籍從頭到尾的長度（例4）。或引申為「為頭尾接應」，如例5。亦有「或頭或尾猶豫不定」等義，如例6。

> 1. 敬宣報曰：下官自義熙以來，**首尾**十載，遂忝三州七郡。（《宋書·劉敬宣傳》）
>
> 2. 初，永平四年，以黃門郎孫惠蔚代光領著作，惠蔚**首尾**五載，無所厝意。（《魏書·崔光傳》）
>
> 3. 自項城至長安，連旗千里，**首尾**不絕。（南朝宋《世說新語》）
>
> 4. **首尾**有十二段，說共成一經。（南朝梁《出三藏記集》）
>
> 5. 盧循擁隔中流，扇張同異，桓謙、荀林更相**首尾**。（《宋書·臨川烈武王道規傳》）
>
> 6. 今若以兵數千，潛出其上，因險自固，隨宜斷截，使其**首尾**周遑，進退疑沮，中流一梗，糧運自艱。（《宋書·張興世

傳》）

魏晉時期「尾首」僅有一例，出自張翰〈杖賦〉。意義為簡單的「尾部和頭部」，之所以有違反習慣義序的組合，主要是為了要同前文的「手」、「久」等字押韻的緣故。

> 1.方圓適意，洪細可手，踽踽旦夕，欲與永久，儀制裁于一尋，假飾存乎**尾首**。（張翰〈杖賦〉）

「頭尾」組合例數量較「首尾」少[6]，多為簡單加總的「頭部和尾部」之義，如例1至例3。也有數例已有引申用法，如例4指「開始和結尾」，例5指「從頭到尾」。例子多出自南方文獻，僅有一例出於《齊民要術》。

> 1.昔有道人河邊學道，但念六塵，曾無寧息，龜從河出水，狗將噉龜，龜縮**頭尾**四腳，藏於甲中，不能得便，狗去。（南朝齊敬陵王《蕭子良集》）
> 2.為船八九丈，廣裁六七尺，**頭尾**似魚。（《南齊書·南夷列傳》）
> 3.取好乾魚，若爛者不中，截卻**頭尾**，暖湯淨洗，去鱗，訖，復以冷水浸。（後魏《齊民要術》）
> 4.動脈，見於關上，無**頭尾**，大如豆，厥厥然動搖。（西晉《王氏脈經》）
> 5.後人於山西澤中見一死蟒。**頭尾**數里。（《高僧傳》）

由於習慣義序頭先尾後制約，並無「尾頭」並列之組合。語料庫

---

[6] 「首尾」佛經出現七例，中土文獻有二零三例；「頭尾」佛經六例，中土文獻十五例。

中《肘後備急方》有一例「尾頭」（例1），當指「尾部尖端」，並非並列結構。同書有「乳頭」一語（例2），可證此「頭」非頭部義，乃為端點義。

1. 聖惠方，治蛇入口，并入七孔中。割母豬，尾頭瀝血，滴口中，即出。（東晉葛洪《肘後備急方》）

2. 病中水毒方。取梅若桃葉，搗，絞汁三升許，以少水解為飲之，姚云，小兒不能飲，以汁傅**乳頭**，與之。（東晉葛洪《肘後備急方》）

中古時期「首尾」較「頭尾」為常用。且多引申用法，不易被取代。因此在中古時期「頭尾」仍屬少見，多出於南方文獻，亦可見南北差異。

綜觀上述所有與「頭」、「首」相關的並列結構，可以見出其中有相當一致的規律。與有歷時更替的詞組合時舊詞「首」均不與新詞組合，故無「首眼」、「首頸」、「首項」、「首腳」的組合。新詞「頭」則有與舊詞組合的例子，如「頭目」、「頭領」、「頭足」；也有與新詞組合的例子，如「頭眼」、「頭頸」、「頭項」、「頭腳」。值得注意的是，除了佛經和《齊民要術》等口語性較強的文獻外，這些組合多出於南方文獻。大抵因為「頭」、「首」更替發展時代較各組為早，因此「頭」可與各組新、舊詞組合；而南方相較於北方更能接受新詞，因此這樣的組合多見於南方文獻。其次就「頭」、「首」的相關雙音組合更替來看，與「首」的組合若有引申義、有複合詞的用法時，便不易被「頭」更替。是以「首目」、「首領」、「首足」、「首尾」等有引申義的詞到中古時依然見於南北文獻中。而「頭目」、「頭領」、「頭足」、「頭尾」等則多僅見於南方文獻，且義多為單純的兩義加總。「首面」的情況則可作為一個反向的例證，與「首尾」

等詞不同,「首面」指「頭部與臉部」並無引申義,因此在中古時已經少見此種組合,而為「頭面」所取代,因此「頭面」已分見於南北文獻中。由此可見具有引申義的複合詞結合緊密,「首」不容易為「頭」所更替;反之若為鬆散的並列結構在中古時便易為「頭」所更替。

3 相關的偏正結構

除了與「髮」形成的偏正結構外,在大部分「首」與「頭」的偏正結構中,這兩個詞都轉稱部份義,指「頭髮」。「首」之「髮」義已見上文討論,而「頭」亦有「頭髮」的用例,由文獻用例可以證之。比較以下例1與例2,可見《春秋繁露》的「頭」為「髮」義。

1. 夫義出於經,經傳、大本也,棄營勞心也,苦志盡情,**頭白**齒落,尚不合自錄也哉!(《春秋繁露》)
2. **髮白**齒落,日月踰邁,儔倫彌索,鮮所恃賴。(《論衡·自紀》)

而「剃頭」亦即「剃頭髮」,「頭」亦「髮」義,見下兩例比較:

1. 累劫習迷始今乃寤,顧視流俗無可貪樂,即召群臣國付太子,便自**剃頭**行作沙門。(《法句譬喻經》)
2. 女言:「我能剃**頭髮**。」佛言:「歸報汝母,剃**頭髮**來。」(《佛說摩鄧女經》)

偏正結構中,「頭」「首」作「頭部」義解的為偏正結構中的修飾成份,修飾中心詞「髮」,有「首髮」與「頭髮」。「首」尚有一義引申指「為首之人」,即「亂首」之中心詞「首」。其餘各樣偏正

組合中，「頭」、「首」均為「頭髮」義，有「亂首」、「亂頭」、「白首」、「白頭」等。以下分別討論之：

3.1 「髮」與「頭」「首」的組合

「首髮」與「頭髮」指頭上的髮絲。上古時皆有用例，如例1至例3。到南北朝時「首髮」僅有《魏書》一例（例4）。餘不分南北均用「頭髮」（例5～6）。可見「頭髮」在中古時已為常用詞，而「首髮」為存古用法，僅見於北方文獻，是亦可見北人多用古語之習慣。

1. 伯奇放流，**首髮**早白。（《論衡・書虛》）
2. 噲遂入，披帷西嚮立，瞋目視項王，**頭髮**上指，目眥盡裂。項王按劍而跽曰：「客何為者？」張良曰：「沛公之參乘樊噲者也。」（《史記・項羽本紀》）
3. 夫人之所愛憎，在容貌之好醜；**頭髮**白黑，在年歲之稚老。（《論衡・譏日》）
4. 吾為張彝飲食不御，乃至**首髮**微有虧落。（《魏書・張彝傳》）
5. 作人不阿諛，無緣**頭髮**見白，稍學諂詐。（《宋書・王微傳》）
6. 治馬疥方：用雄黃、**頭髮**二物，以臘月豬脂煎之，令髮消；以塼揩疥令赤，及熱塗之，即愈也。（《齊民要術》）

3.2 「亂」與「頭」「首」的組合

上古時「亂首」有兩義，一義「首」作為「頭」解，引申為「領

頭之人」,「亂首」為相當於頭號罪犯如例1。一義「首」作「髮」
解,「亂首」或指不著冠束髮以示瀟灑,如例2;或指不櫛沐而致垢
亂,如例3。中古時仍存「為亂之首」(例4)與「垢亂之髮」(例5)
兩種義例。

1. 自劾矯制,奏商為**亂首**。(《漢書‧孫寶傳》)

2. 且公伐宮室之美,矜衣服之麗,一衣而五彩具焉,帶球玉而
   亂首被髮,亦室一容矣,萬乘之君,而壹心于邪,君之魂魄
   亡矣,以誰與圖霸哉?(《晏子春秋》)

3. 陽朔中,世父大將軍鳳病,莽侍疾,親嘗藥,**亂首**垢面,不
   解衣帶連月。(《漢書‧王莽傳》)

4. 既誅其**亂首**,天子善之,徙禪左馮翊太守。(東晉《華陽國
   志》)

5. 勰常居中,親侍醫藥,夙夜不離左右,至於衣帶罕解,**亂首**
   垢面。(《魏書‧彭城王勰傳》)

「亂頭」上古已見有「頭髮垢亂」(例1)之義。中古則多為不著
冠不束髮(例2、例3)之意,見於南方文獻。

1. 鼎、泥面**亂頭**,忍恥少羞。日以削消,凶其自掐。(《焦氏
   易林》)

2. 君子當正其衣冠,攝以威儀,何有**亂頭**養望,自謂宏達邪?
   (東晉《晉陽秋》)

3. 裴令公有儁容儀,脫冠冕,麤服**亂頭**皆好。(《世說新語》)

3.3 「白」與「頭」「首」的組合

「白首」與「白頭」指「白髮」，並由此引申有年老之義，上古
（例1、例2）與中古（例3～6）皆有書例，中古時「白首」有一二二
例；「白頭」有七十一例皆為常用詞，南方（例3、例5）與北方（例
4、例6）文獻中也都分別有這兩種用法，並無差異。

1. 建老**白首**，萬石君尚無恙。（《史記‧萬石張叔列傳》）

2. 臣嘗夢見一**白頭**翁教臣言。（《漢書‧車千秋傳》）

3. 山桑令何道，自少清廉，**白首**彌屬。（《宋書‧王歆之傳》）

4. 栗磾自少治戎，迄于**白首**，臨事善斷，所向無前。（《魏
  書‧于栗磾傳》）

5. 願得一心人，**白頭**不相離。（《宋書‧樂志》）

6. 有戰士於營外五里芻牧，見一**白頭**翁，乘白馬。（《魏書‧
  靈徵志》）

「頭」作「髮」解之例，在中古時期已然常見，是以不分南北文
獻皆有用例。

偏正結構中，當「作亂之首腦」解的「亂首」，是唯一在中古
沒有相對應「亂頭」組合的詞彙，可見其為結合緊密的複合詞。
「頭」、「首」作「頭部」義解的組合「首髮」與「頭髮」中古詞例
不多，雖未能作為強而有力的論據。然而《魏書》中用「首髮」；而
《宋書》與較口語的《齊民要術》使用「頭髮」，與北方多古語，南
方多用新詞的推測亦不相違遠。「頭」、「首」作「頭髮」義解則有
「亂首」、「亂頭」與「白首」、「白頭」兩組。「亂首」與「亂頭」詞
例也不甚多，其中「亂首」見於北方指蓬首垢面之意；而「亂頭」見

於南方文獻，偏於散髮之義，是南北之別。至於「白首」與「白頭」南北文獻均不乏其例，蓋以此二詞在先秦時便已出現多例，到中古仍為常用詞，因此並無南北差異。

4　相關的動賓結構

與「頭」、「首」相關的動賓結構中，表「行禮」的組合樣式不少。「首」用於「稽首」、「頓首」，如例1與例2；而「頭」多用於「叩頭」（例3）。間有互換，如「頓頭」（例4）、「叩首」（例5），然其例甚少。研究此等動賓結構，也可見南北異同。

1. 夏五月，楚師將去宋，申犀**稽首**於王之馬前曰。（《左傳·宣公十五年》）

2. 司馬憙**頓首**於軾曰：「臣自知死至矣！」君曰：「何也？」「臣抵罪。」（《戰國策》）

3. 王肉袒**叩頭**漢軍壁，謁曰：「臣卬奉法不謹，驚駭百姓，乃苦將軍遠道至于窮國，敢請菹醢之罪。」《史記·吳王濞列傳》

4. 巴郡太守太山但望⋯⋯⋯辭謝太守太尉李固，謝與相見，**頓頭流血**。（《風俗通義》）

5. 左右曰：「未知大將軍旨意。」上曰：「此小事，何須問大將軍？」左右**叩首**固爭之。上於是語鳳，鳳以為不可，乃止。當權用事如此。（《前漢紀·孝成皇帝紀》）

「稽首」與「頓首」均為行禮而略有不同。《周禮》鄭玄《注》云：「稽首，拜頭至地也。頓首，拜頭叩地也。」「頓首」與「稽首」的差別在於有「叩地」的動作，「叩」原為敲擊動作，如例1。行禮

至以頭敲擊地面，則往往情緒激動，動作上較為激烈，至有「頓首出血」如例2者。是以「頓首」常用於請罪，非僅表達恭敬而已。

1. 原壤夷俟。子曰：「幼而不孫弟，長而無述焉，老而不死，是為賊！」以杖**叩**其脛。（《論語‧憲問》）

2. （鄧）通至，（申屠）嘉責之曰：「朝廷者，乃高皇帝之朝廷，通小臣，乃敢戲殿上，大不敬，當斬。」通**頓首**出血，不赦。（《前漢紀‧孝景皇帝紀》）

3. 宰人**頓首**服死罪，曰：「竊欲去尚宰人也。」（《韓非子》）

「叩頭」與「頓首」義同，有連用情況如例1，亦多用於請罪。

1. 大王赦其深辜，裁加役臣，使執箕帚。誠蒙厚恩，得保須臾之命，不勝仰感俯愧，臣勾踐**叩頭頓首**。（《吳越春秋》）

2. 西門豹顧曰：「巫嫗、三老不來還，奈之何？」欲復使廷掾與豪長者一人入趣之。皆**叩頭**，**叩頭**且破，額血流地，色如死灰。（《史記‧滑稽列傳》）

戰國時「稽」便不與「頭」搭配。在中古佛經中上述「以頭面禮足」的禮節，與「稽首」義近，可以結合使用。有連動式的「稽首禮足」（例1）；也有「稽首」作為及物動詞，義同「禮敬」的「稽首佛足」（例2）；以及將「稽首」省略成「稽」作「頭面禮」的動詞，如例3：

1. 時法藏比丘攝取二百一十億諸佛妙土清淨之行，如是修已，詣彼佛所，**稽首禮足**，繞佛三，合掌而住。（《佛說無量壽經》）

2. 時有國王，聞佛說法心懷悅豫，尋發無上正真道意。棄國捐

王，行作沙門，號曰法藏。高材勇哲，與世超異。詣世自在
王如來所，**稽首佛足**。(《佛說無量壽經》)

3. 來**稽**頭面禮 (《佛說普曜經》)

中古時期，「頓首」(共235例[7]) 與「叩頭」(共158例) 都是常
用詞，南北文獻均有。然用法漸有差別。三國以降，「頓首」從「以
頭擊地」的意義轉化為書信招呼語。南北朝時，南方文獻中「頓首」
幾乎全為書信用例，北方文獻則多「以頭擊地行禮」(例1) 之意，
間有問候語用法[8] (例2)。

1. 因奏曰：「臣本朝淪喪，艱毒備罹，冀恃國靈，釋臣私恥。」
   頓首拜謝。高祖亦為之流涕，禮之彌崇。(《魏書·劉昶
   傳》)

2. 遂起立。使人謂念曰：「君但坐。」念曰：「家國王子，豈
   有坐聽教命。」使人曰：「**頓首**君，我昔有以向南，旦遣相
   喚，欲聞鄉事。晚來患動，不獲相見。」(《魏書·鹿念傳》)

書信用語的「頓首」，出現位置可用以發語在前 (例1)、也可
用以結語在後 (例2)，亦可兩用之 (例3)。形式上可單用，可疊用
(例4)，可和「白」(例5)、「言」(例6)、「曰」(例7) 並用，也可
與謙詞「死罪」(例8) 並行，或與佛教問訊禮語「和南」(例9) 連
用。

1. 廿日義之**頓首**，節日感歎，深念君，增傷。災雨，君可也。

---

7 因中古文獻多「頓首頓首」一語，共九十四例，將此種重複出現的例子算作一次。
8 以《宋書》與《魏書》為例，《宋書》中出現三處頓首，均為書信招呼語用法，以
   頭擊地之動作以「叩頭」稱之；而《魏書》有三處為招呼語，八處仍為以頭擊地行
   禮動作。

（《王羲之集》）

2.七月二十一日羲之白，昨十七日告為慰，極有秋氣，君比可耳。力及，不一一。王羲之**頓首**。（《王羲之集》）

3.十九日羲之**頓首**，明二旬，增感切，奈何奈何。得十二日書，知佳為慰，僕左邊大劇，且食少，至虛乏。力不一一。王羲之**頓首**。（《王羲之集》）

4.……臣約誠惶誠恐，**頓首頓首**，死罪死罪。」（沈約〈上宋書表〉）

5.羲之**頓首白**，雨無已，小兒猶小差。力不一一。王羲之頓首。（《王羲之集》）

6.遁淹留京師涉將三載，乃還東山。上書告辭曰：「遁**頓首**言。敢以不才希風世表……（《高僧傳》）

7.僧辯**頓首頓首曰**，席威卿至，奉今月五日誨，披函伸紙……（《全梁文·又為王太尉荅貞陽侯書》）

8.臣約**頓首死罪**：竊惟宋氏南面，承歷統天，雖世窮八主，年減百載，而兵車亟動，國道屢屯，垂文簡牘，事數繁廣。（沈約〈上宋書表〉）

9.……法師許其一簣，遂能班逮神藻，使得豫沐清風，載歡載舞無以自譬，戢銘兼深彌其多矣，弟子王僧恕**頓首和南**。」（《弘明集》）

「叩頭」一詞與「頓首」一樣都有「以頭擊地」與「書信用語」兩種用法，但表現在南北上有明顯的差異。北方都作「以頭擊地」用而無書信用語例。如例1至例2。南方也以「以頭擊地」（例3、例4）的用法多於「書信用語」（例5）。

1.崔氏曰：「此雖顏慚，未知心愧，且可置之。」凡經二十餘

日，其子**叩頭**流血，其母涕泣乞還，然後聽之，終以孝聞。
（《魏書・列女傳》）

2.阿陀那與其偽主，外無強援，內寡深謀，師旅困窮，城池陷
露，君臣失色，進退無依，銜璧**叩頭**。（《全後魏文・平心露
布文》）

3.上責汝深，至我**叩頭**乞恩，意永不釋。（《宋書・元凶劭
傳》）

4.澄於路見舍人王道隆，**叩頭**流血，以此見原。（《南齊書・
陸澄傳》）

5.……鶴望還信，以代萱蘇，得志忘言，此寧多述。法車**叩頭**
叩頭。」（《梁元帝集》）

中古「叩首」僅出現於《洛陽伽藍記》（例1），出自「北地三
才」之一的溫子昇稱說青州賓客語。可見北地文人喜用古語，將「叩
頭」中較新的詞素替換成「首」。

1.（溫）子昇曰：「太守初欲入境，皆懷甎**叩首**，以美其
意。……」（《洛陽伽藍記》）

至若「頓頭」則未見於中古文獻。蓋以此處歷時更替乃以複音
詞「叩頭」更替「頓首」而非新詞素「頭」進入動賓結構中去更替
舊詞素「首」的緣故。「頓首」之所以無法拆解，則因為以「頭」更
替「首」較常見於南方，而「頓首」在南方已多引申為書信用語，較
「以頭擊地」義的「叩頭」結合緊密，故不易被單獨替換。也因南方
「叩頭」有更替「頓首」之例，是以「叩頭」一詞，南方可用於書信
語；北方則無此用法。

5 「首」與「頭」的量詞用法比較

　　「首」與「頭」在兩漢時均出現了量詞用法，而且有明顯的分工。「首」用來計量短文；而「頭」用以計量牛羊等動物。在東晉南渡分化為南北兩大通語前，「頭」、「首」的量詞用法已經定調。其後兩者發展朝向擴張，「首」由計量短文到計量歌曲；「頭」計量的範圍更加擴大，小從蠅蟻大至巨象，甚且兼及無情，凡有頭之物皆可度量以「頭」。南北兩地「首」與「頭」在量詞用法上平行發展方向並無二致。唯南北朝為有一例「頭」可用以計量祝禱短文，蓋受到「頭」的其他用法可以更替「首」的類推作用影響所致。

　　嚴俏（2011：51）對於兩漢「首」的量詞用法有清楚的解釋，他根據《史記》、《金匱要略》、《太平經》等書說明：「兩漢時期『首』作量詞的用法還處於萌芽的初級階段」；「主要用來稱量文章類的名詞」；「也可用來計量與『文章』類相關的其他作品」如藥方仙方等。除了嚴氏所提，從書例中可以發現，以「首」計量的文章，無論是謀士之言或是病方藥方等，長度都不會太長。如下例：

1. 蒯通者，善為長短說，論戰國之權變，為八十一**首**。（《史記・田儋傳》）
2. 通論戰國時說士權變，亦自序其說，凡八十一**首**，號曰《雋永》。（《漢書・蒯通傳》）
3. 至周之時，人民文薄，八卦難復因襲，故文王衍為六十四**首**，極其變，使民不倦。（《論衡》）
4. 論一**首**，脈證十二條，方十一**首**。（《金匱要略》）

考諸「首」所以能作為計量文章的單位，與漢代印綬編織製作的

術語有關。《後漢書・輿服志》提到製作綬帶時：「凡先合單紡為一系，四系為一扶，五扶為一首，五首成一文，文采淳為一圭。首多者系細，少者系靡，皆廣尺六寸。」由單絲織成文章，最後階段為由「首」成「文」。由此義引申，是以「首」可為計量短文之單位。並非用「首」之「頭部」義。

　　「頭」的量詞用法在西漢時期即已出現，目前所見最早為《史記》[9]例。學者[10]多已指出此量詞義是由表頭部的名詞義虛化而來，用以計量有生命的動物。時兵（2009：26）更指出在漢藏語中這是一個普遍現象：「跨語言調查顯示，由表『身體』『頭』義的名詞虛化為動物量詞具有普遍性，在諸多量詞型語言中都有此類現象。」兩漢用例中可用以計量牛、羊、馬、驢乃至龍族等，例如下：

1. 塞之斥也，唯橋姚已致馬千匹，牛倍之，羊萬**頭**，粟以萬鍾計。（《史記・貨殖列傳》）
2. 式入山牧十餘歲，羊致千餘**頭**，買田宅。（《史記・平準書》）
3. 丘，十六井也，有戎馬一匹，牛三**頭**。（《漢書・刑法志》）
4. 陵惡自賜武，使其妻賜武牛羊數十**頭**。（《漢書・蘇武傳》）
5. 鹵馬牛羊十萬餘**頭**，車四千餘兩。（《漢書・趙充國傳》）
6. 龍出往世，其子希出，今小龍六**頭**，並出遨戲，象乾坤六

9　由漢達文庫中檢索「頭」的量詞用法，尚有一例出自西漢《說苑》，然為《說苑》逸文，現見於《太平御覽》等書所引用。文為（淳于髡）對曰：「臣見來道旁野民，持一頭魚，上田祝曰：『高得萬束，下得千斛。』……」考諸《說苑》記此事為：淳于髡對曰：「臣不敢以王國為戲也，臣笑臣鄰之祠田也，以奩飯與一鮒魚。……」「一鮒魚」並未使用量詞，且「數詞＋量詞＋名詞」的語序出現較晚，此處「一頭魚」或為後人所改，暫以附註存之。

10　如劉世儒（1965）、王彤偉（2005）、陳瑩瑩、陳波（2011）等。

子，嗣後多也。(《論衡》)

7. 詔于汧積穀六萬斛，驢四百**頭**負馱。(《東觀漢記》)

　　到了魏晉時期，「頭」作為量詞使用，語序以名詞＋數詞＋量詞為常見。通用範圍更廣。舉凡雞鵝等家禽、牛驢豬狗雜類家畜、雀雉各種飛禽、狼虎駱駝氂牛眾走獸、鯉魚烏龜諸水族、或大至獅象、或小若蠅蟻，均可以之計量：

1. 率民養一豬，雌雞四**頭**。(《全後魏文》)

2. 又有鵝三四**頭**，高飛且鳴，周回東西，晝夜不下，如此者六七日。(《宋書‧符瑞志》)

3. 謹奉牛一**頭**，不足追遵大小之制，形少有殊，敢不獻上？(《曹植集》)

4. 官欲得烏狗三百**頭**，膺前盡黑。(《華陽國志》)

5. 於耀靈殿上養驢數十**頭**。(《宋書‧後廢帝紀》)

6. 諸豪帥感其意，歸相斂，得雜畜千餘**頭**以贈卓。(《三國志‧董卓傳》)

7. 建元元年八月，男子王約獲白雀一**頭**。(《南齊書‧祥瑞志》)

8. 隆昌元年四月，陽羨縣獲白烏一**頭**。(《南齊書‧祥瑞志》)

9. 永明八年，始興郡昌樂村獲白鳩一**頭**。(《南齊書‧祥瑞志》)

10. 二年，彭澤縣獲白雉一**頭**。(《南齊書‧祥瑞志》)

11. 臣下計無慮其中有虎大小六百**頭**，狼有五百**頭**，狐萬**頭**。(《魏志》)

12. 夏四月癸亥，上幸西苑，親射虎三**頭**。(《魏書‧高宗紀》)

13. 秋七月戊辰，龜茲國遣使獻名駝七十**頭**。(《魏書‧高祖

紀》）

14. 吐谷渾國遣使獻氂牛五十**頭**。（《魏書‧高祖紀》）

15. 所領阮藻之于江靈縣界得白麞一**頭**。（《全晉文》）

16. 俄有師子三**頭**，見於山下。（《全宋文》）

17. 永明四年，丹楊縣獲白兔一**頭**。（《南齊書‧祥瑞志》）

18. 賀循《祭義》猶用魚十五**頭**。（《南齊書‧禮志》）

19. 永明五年，武騎常侍唐潛上青毛神龜一**頭**。（《南齊書‧祥瑞志》）

20. 永明五年，南豫州刺史建安王子真表獻金色魚一**頭**。（《南齊書‧祥瑞志》）

21. 求懷子鯉魚長三赤者二十**頭**，牡鯉魚長三赤者四**頭**。（《齊民要術》）

22. 奉貢明珠百筐，黃金千鎰，馴象二**頭**。（《全三國文》）

23. 建元二年，江陵縣獲白鼠一**頭**。（《南齊書‧祥瑞志》）

王彤偉（2005）曾舉出了「頭」用以計量無生命的蠶繭與非生物的樹木之特別用例。

1. 至蠶時，有神女夜至助客養蠶，亦以香草食蠶，得繭百二十**頭**，大如甕。（《搜神記》）

2. 李衡于武陵龍陽泛洲上作宅，種甘橘千樹，臨卒，敕兒曰：「吾州里有千**頭**木奴，不責汝衣食，歲上一疋絹亦可足用矣。」（《齊民要術》）

然則《搜神記》所記蠶繭，仍是蠶化，一繭中有蠶一頭，勉強仍可與「頭部」義相關。至若例2以柑橘樹為木奴為隱喻用法，視木如可供衣食之奴僕，是亦有「頭部」。可見「頭」作為計量單位，被計

量的名詞不可或缺的重要徵性不在於有生物或無生物，而在於有「頭部」。除了王氏所舉例，在魏晉文獻中，無生物的例子尚可見於《謝法曹集》計算木人（例1）與《南齊書》度量銅獸（例2），兩者雖無生而俱有頭部，更可證明此說。

> 1. 刻木為人，長三尺許，可有二十餘**頭**，初開見，悉是人形。（《謝法曹集》）
>
> 2. 三年，越州南高涼俚人海中網魚，獲銅獸一**頭**。（《南齊書·祥瑞志》）

至於計算馬隻雖多用量詞「匹」[11]，如例1。也有以「頭」計量之例，如例2。

> 1. 戊子，材官將軍和突破黜弗、素古延等諸部，獲馬三千餘**匹**，牛羊七萬餘頭。（《魏書·太祖紀》）
>
> 2. 虎皮二枚，錢二百萬，玉璧一枚，馬六**頭**，酒米各十二斛。（《宋書·禮志》）

在語序方面，如上所引述多為「名詞＋數詞＋量詞」；但在佛經中已多有名詞在後的語序，如下二例：

> 1. 殺有九輩，罪有輕重，寧殺**千頭蟻**，不殺**一頭蠅**，如是上至人。（《佛說罵意經》）
>
> 2. 昔有一人，有**二百五十頭牛**。（《百喻經》）

---

[11] 《史記》《索隱》曾解釋「匹」為馬計量單位之原因。引《風俗通》云：「馬稱匹者，俗說云相馬及君子與人相匹，故云匹。或說馬夜行目照前四丈，故云一匹。或說度馬縱橫適得一匹。」又韓詩外傳云：「孔子與顏回登山，望見一匹練，前有藍，視之果馬，馬光景一匹長也。」

中土文獻也漸漸有名詞在後的語序出現，西晉司馬彪的《九州春秋》為目前所見最早之例[12]，《宋書》、《魏書》中亦見少例：

1. 獵得**十餘頭豬**。（《九州春秋》）
2. 魏武帝嘗夢有**三匹馬**在一槽中共食，其後宣帝及景、文相係為宰相，遂傾曹氏。（《宋書・符瑞志》）
3. 早語客曰：「依法當有千里外急使。日中，將有**兩匹馬**，一白一赤，從西南來。至即取我，逼我，不聽與妻子別。」（《魏書・王早傳》）

兩漢以後，「首」仍然作為計量短文用，引申也能夠計量歌曲偈頌等與文章相關的作品。與「頭」的量詞用法不類，兩者平行發展。不過值得注意的是王彤偉（2005）述及吳金華先生曾指出《三國志》中有一處量詞「頭」更替了「首」的用法。在此例中，孫權用「頭」計量薛綜祝祖的新文辭。雖僅有一例，然彌足珍貴，尤其是孫權為南方人，和我們研究歷時更替時發現南方多用新詞若合符節。

正月乙未，（孫）權敕（薛）綜祝祖不得用常文，綜承詔，卒造文義，信辭粲爛。權曰：「復為兩**頭**，使滿三也。」綜復再祝，辭令皆新，眾咸稱善。（《三國志・吳志》）

6　小結

周玟慧（2012b）已經比較過有歷時更替的一組常用詞「眼」、

---

[12] 王彤偉（2005）謂「數＋頭＋名」除佛經用例外僅有《搜神記》之例，王氏所舉已晚於此例。

「目」，發現在北方文獻中，「眼」的相關組合只出現於佛典或是口語性的資料，且多新造詞；在非口語文獻中仍以「目」為主，或即顏之推所謂「其辭多古語」的現象。另一方面，在南方中土文獻中，雙音組合已有以「眼」替代「目」的現象，可為「其辭多鄙俗」註腳。本節討論的「元」、「首」、「頭」一樣有歷時更替的關係。不過較諸「眼」、「目」更替，「頭」更替「首」的時代要更早些。所以新詞「頭」有與新詞「眼」組合也有與舊詞「目」的組合；而舊詞「首」到中古時組合力不強，便沒有與新詞「眼」組合的例子了。然則南方新詞發展快，北方多用古語的大原則依然沒有不同。同時也因為將歷時更替放在雙音化的架構下來觀察，發現所謂的更替並不是單純的在某一時段「頭」將所有的「首」更替，而是隨著雙音組合結合程度的不同而有不同的更替情況。如結構較鬆散、為「首」、「面」兩義相加的「首面」其中的「首」便被「頭」所更替。但具有引申義成為複合詞的「首目」、「首尾」、「亂首」等，「首」並未為「頭」所更替。「頭」「首」的更替也會演變為複合詞層級的更替，如複合詞「叩頭」可以取代「頓首」。中古時期這種更替也在南方文獻中出現，而無北方的例證。此外有些零星的現象，如北方的「叩首」使用古語「首」換去新詞「頭」呈現出返古的作法，為北人多古語另一佐證。至若量詞「首」與「頭」分工，原不易有更替情況。在南方文獻中仍有特例以「頭」更替「首」，可見南方多用新詞。凡此種種皆可為顏之推指出南方多鄙俗口語、北方多古語之參證。未來若能擴大研究更多南北雙音組合的歷時更替，不僅能夠更清楚了解歷時更替的規律，也可藉此解開「顏之推謎題」。

第六章
結論

　　本書關注的問題在於中古漢語雙音化與南北差異問題。處於漢語
詞彙雙音化的快速發展階段，中古詞彙有何特色？再者於南北朝時
期，既然有金陵鄴下兩大雅言，那麼雙音化的發展是否也有南北異
同？在這樣的考量下，研究時兼顧單音詞與雙音組合以觀察雙音化演
變情況；同時分別了語料來源之南北系屬，以便了解兩大通語異同。
經由多種個案討論，發現中古詞彙重要特色為每個同義聚合中雙音組
合的樣式非常豐富，以及在南北朝時期南北兩大通語大同小異的現
象。此外並藉由比較南北常用詞更替現象，發現南北小異之中，南方
文人較常使用新詞入文；而北方相對保守。

　　中古時期重要詞彙現象之一為雙音組合樣式甚多：從詞彙史上
看，上古雙音組合樣式較少數量也少，以單音詞為主。到了魏晉南北
朝時期，雙音組合大量增生。不過整體樣式雖多，但雙音組合出現頻
率不甚高，詞彙系統仍以單音詞為主軸。其後語言經濟原則發揮作
用，使得同義近義多樣的雙音組合中逐漸有一二取得優勢地位，最
後取代單音詞，形成現代漢語以雙音詞為主的詞彙樣貌。以「救」為
例，「止息災患」、「醫治疾病」、「援濟幫助」三個不同的義位分別
有多種雙音組合：「救止」、「救防」；「救療」、「救治」、「療救」、
「治救」；「拯救」、「援救」、「濟救」、「救援」、「救濟」、「救助」。
上述與「救」互相關連的單音詞也有其他的雙音組合，如「醫治疾
病」的核心成員「療」除了與「救」組合外，尚有三個不同系列的
組合。「攝護養生」的「營療」、「攝療」；「瞻顧看視」的「視療」、

「瞻療」、「療瞻」;「消解去除」的「療除」、「消療」等。各小類間
頗有可相互組合的例子,如「視」與「瞻」可互組為「視瞻」、「瞻
視」等。這種雙音組合豐富的現象並不是特例,再以「奔」為例,相
關雙音組合便有「人行迅速」類的「奔趨」、「奔走」、「走奔」;「車
馬迅疾」類的「奔馳」、「馳奔」、「奔驅」、「驅奔」、「奔騁」、「奔
騖」;「逃跑急速」類的「奔逃」、「奔逸」、「奔亡」、「亡奔」、「奔
逃」、「逃奔」、「奔竄」、「奔遁」等。與「奔」組合單音詞也有不同
的組合發展,如「驅」尚有「驅捶」、「驅打」;「驅除」、「驅擯」、
「驅斥」、「驅逐」、「驅遣」;「驅督」、「驅率」;「驅逼」、「驅迫」、
「驅蹙」等各樣組合。各小類間更頗多兩兩相組的雙音結構如「捶
打」;「擯斥」、「擯逐」、「逐斥」;「督率」;「逼迫」、「逼蹙」、「迫
蹙」等等。從單音詞出發的雙音組合研究莫不如此,輾轉相生綿延不
絕的雙音組合,正為中古特色之一。

　　不單由單音詞出發可以窺見中古雙音組合豐富的現象,由反義
並列的聚合也同樣可以發現相同的情況。以「老幼」相關反義並列
結構為例,此類反義並列形成同義聚合成員不少,有「老幼」、「老
稚」(老穉)、「老少」、「老小」、「老壯」、「耆幼」、「耆少」、「長
幼」、「長少」、「少長」、「孩老」、「孩耄」、「童耄」、「童耋」、「嬰
耄」等。觀察組成反義並列的單音詞有一類表年幼義;而另一類表
年老義。其中表年幼義的單音詞有「嬰」、「孩」、「童」、「幼」、
「稚」、「少」、「小」;而表年老義的單音詞有「老」、「耆」、「耄」、
「耋」。介乎其中表盛年義者為「長」與「壯」。各同義單詞尚可兩兩
互組形成同義並列組合。因此研究中古反義並列,不僅可以發掘一系
列位於同義聚合的反義並列結構如上述「老幼」等;還能得到形成反

義聚合的同義並列結構，如「童幼」、「童稚」、「孩幼」[1]與「耆老」、「老耄」、「耄耋」[2]反義。至於「壯」與年幼近義，故有同義並列「少壯」、「幼壯」與代表年老義的「疲暮」、「衰暮」、「老病」對舉，可見「壯」與「幼」、「少」並列表「年輕」。至於「老壯」指老人與壯丁則為反義並列。「長」的組合恰與「壯」相反，與「年幼」義組合時形成反義義並列，如「少長」、「長幼」、「長少」；而與「老」組成同義並列的「老長」、「長老」。由雙音組合可見「壯」、「長」之差異。本書討論的個案中無論何種聚合，都可見中古雙音組合豐富多樣於一斑。

　　中古另一特色為南北呈現「大同小異」的狀態。「大同」的部份為高詞頻的單音詞與承繼自上古漢語的雙音結構；而「小異」的部份為低詞頻的雙音結構。然若不論詞頻，僅就數量而言，「小異」的雙音結構形式反而多樣豐富。在不同的個案討論也都能夠見到此一特色。各詞的雙音化速率或有快慢，然而大同小異的現象並無二致。以《史記》、《宋書》、《魏書》窮盡式的分析單音詞詞頻和所有雙音組合詞頻，從統計數字上可以清楚地呈現出無論是雙音化較快的「馳」，或是雙音化速度較慢的「驅」、「救」，單音詞與繼承自上古的雙音組合出現頻率都高過後起的新興組合。《宋書》與《魏書》中大同部份為前者，至於後者則略有不同，則屬小異。

　　除了從統計數字上證明南北差異之外，以同義聚合的角度切入觀察南北傳世文獻，也能見出中古時期出現次數較多的雙音組合，都

---

[1]　中古具有年幼義的相關組合有「幼稚」、「幼沖」、「幼小」、「幼少」、「幼蒙」、「沖幼」、「沖孺」、「小幼」、「蒙稚」、「童幼」、「童稚」、「童少」、「童蒙」、「童孺」、「孩稚」、「孩孺」、「孩幼」、「孩童」、「孩兒」、「嬰孺」、「少小」、「稚小」等。

[2]　具年長義的組合有「耆老」、「耆長」、「耆耋」、「耆耄」、「老耄」、「耄耋」、「耋耄」等。

是先秦兩漢前已經出現的組合。以具有年幼義的聚合為例，如「童蒙」、「幼少」等詞頻高的組合都是先秦即已出現的例子，此亦為南北「大同」的表現。而中古時期也新增了多種雙音組合，如「孩幼」、「孩童」、「孩嬰」、「孩孺」、「稚小」、「小幼」、「童少」等，且均為南方新例，每個組合出現的次數都不多，為南北「小異」。同時也可看出南方對新組合的接受度較高。再進一步觀察南北小異之中，新詞往往見於南方文獻中。故結合常用詞更替研究來探討此一現象。以「首」與「頭」的歷時更替來看，南方多有使用「頭」的雙音組合，其中包含了並列結構、偏正結構、動賓結構等；而北方仍多用「首」。以是可知顏之推所言北方辭多古語，南方辭多鄙俗的現象，可以常用詞更替來闡釋[3]。結合常用詞更替，可以更清楚的分別南北「小異」的不同處。除了隨機組合的差異外，在新舊詞比較上，南方已多有新詞組合用例。

由上文結論可知，本書雖然以個案方式管窺中古詞彙，然絕非盲人摸象。因為我們並不只討論外在的形式，而是深入肌理，探究各個不同部份的共同基因。無論眼耳鼻舌，任取一個切片都可得到相同的大象的基因。本書嘗試 從各個面向切入不同種類的個案，最終都得到一致的結論：雙音組合樣式豐富與南北之大同小異，可見此確為中古重要之詞彙特色。

在標舉出中古詞彙特色之後，未來隨著個案研究的增加，將可在不同的研究範疇中獲致更好的成果。將來在詞彙系統、漢語史研究、同義詞辭典編纂乃至華語文教學都有延伸發展的可能。有關詞彙系統的討論，殷煥先序葛本儀《漢語詞彙研究》提到：「語言學各個部門

3　周玟慧（2012b）討論「目」與「眼」的更替也得到同樣的結論，南方文獻已有「眼」之雙音組合，而北方罕見新詞「眼」的組合，仍沿用古語「目」。

的研究中，詞彙的研究是較為薄弱的。以系統性而論，語音系統是語言中系統性最為嚴整的，其次是語法系統，這是學術界所公認的。」因為詞彙的豐富多樣「使人感到詞彙系統的複雜而難以調理」（頁1）。利用中古同義近義雙音組合豐富的這個特色，尋繹出其中隱藏的鏈結，我們能夠建立起完整有機之詞彙系統，將複雜的詞彙以網絡方式呈現出來。

再者在漢語詞彙史分期上，中古漢語的斷代尚有待討論。正如管錫華《古漢語詞彙研究導論》（2006：2）所言：「沒有人就古漢語詞彙史的分期做過專門的深入研究，學界一般採取漢語史的分期。」。對漢語史的分期也尚無定論，如周祖謨〈漢語發展的歷史〉指中古時期（西元220～588年）為魏晉南北朝；蔣紹愚《近代漢語研究概況》則「把語音和語法綜合起來看，把唐代初年作為近代漢語的上限是可以的。」而呂叔湘《近代漢語指代詞》（1985：1～3）則根據「以口語為主的白話篇章，如敦煌文獻和禪宗語錄，卻要到晚唐五代纔開始出現，並且一直要到不久之前纔取代文言的書面漢語的地位」「以晚唐五代為界，把漢語的歷史分為古代漢語和近代漢語兩個大階段是比較合適的。」管錫華（2006：5）：折衷蔣紹愚、呂叔湘兩位認為「古代漢語內部的分期是，西漢以前為上古漢語詞彙，東漢至隋唐為中古漢語詞彙，晚唐五代至五四為近代漢語詞彙。」可見有關中古漢語爭議最多者在東漢和唐代的歸屬上，相信在通盤整理了各期各書的雙音組合之後，便能夠有足夠的證據劃定中古詞彙史的起訖。

此外建構了詞彙系統之後，對於同義詞詞典的編纂自然有極大的效益，如上所述由雙音組合可以得到許多同義聚合關係，不至有掛一漏萬之嘆。在應用方面，同義詞詞典的編輯是最直接的成果顯現。建構出詞彙系統後，對於詞義的細微差別，乃至詞彙間的親疏遠近都能一目了然。

　　此外，在華語文教學上，常敬宇〈漢語詞彙的網絡性與對外漢語詞彙教學〉指出中高級詞彙教學的中心任務在「擴大詞彙量，並深入理解、準確運用詞彙」（頁13）而提倡「根據詞彙的網絡性進行對外漢語詞彙教學」（頁18），藉由古中雙音組合研究，建構出漢語網絡性的詞彙系統之後，對華語教學也將有所助益。

　　最後站在漢語史的高度來看，在了解南北朝詞彙差異後，更可以研究漢語詞彙由南北朝到唐代的發展變化－在政治上經歷了南北對立之後到隋唐定於一尊；語言發展上，由金陵鄴下的分立到長安一統，標準語是如何熔鑄而成，長安方言又扮演何種角色？都是有意思的題目，故本書將是系列研究的開始而非結束。

參考文獻

一　專書

（日）志村良志　江藍生、白維國譯　《中國中世語法史研究》　北京市　中華書局　1995年

（瑞士）索緒爾　高名凱譯　《普通語言學教程》　北京市　商務印書館　1980年

丁喜霞　《中古常用並列雙音詞的成詞和演變研究》　浙江大學博士論文　2005年　北京市　語文出版社　2006年

王　力　《漢語史稿》　重印本　北京市　中華書局　1980年

方一新　《東漢魏晉南北朝史書詞語箋釋》　合肥市　黃山書社　1997年

王云路、方一新　《中古漢語語詞例釋》　長春市　吉林教育出版社　1992年

王云路　《漢魏六朝詩歌語言論稿》　西安市　陝西人民教育出版社　1997年

王云路　《六朝詩歌語詞研究》　哈爾濱市　黑龍江教育出版社　1999年

王鳳陽　《古辭辨》　長春市　文史出版社　1993年

太田辰夫　江藍生、白維國譯　《漢語史通考》　重慶市　重慶出版社　1991年

化振紅　《洛陽伽藍記辭彙研究》　北京市　文史出版社　2002年

司馬光撰　胡三省注　《資治通鑑》　四庫全書文淵閣本

朱　熹撰　陳濟正誤　《資治通鑑綱目》　四庫全書文淵閣本

朱慶之　《佛典與中古漢語詞彙研究》　臺北市　文津出版社　1992年

向　熹　《簡明漢語史》　修訂本　北京市　商務印書館　2010年

伍宗文　《先秦漢語複音詞研究》　成都市　巴蜀書社　2001年

伍宗文　《先秦漢語複音詞研究》　成都市　巴蜀書社　2001年

池昌海　《史記同義詞研究》　上海市　上海古籍出版社　2002年

江藍生　《魏晉南北朝小說詞語匯釋》　北京市　語文出版社　1988
　　　　年

李宗江　《漢語常用詞演變研究》　上海市　漢語大詞典出版社　1999
　　　　年

李維琦　《佛經釋詞》　長沙市　岳麓書社　1993年

李維琦　《佛經續釋詞》　長沙市　岳麓書社　1999年

呂叔湘　《漢語語法分析問題》　北京市　商務印書館　1979年

呂叔湘　《近代漢語指代詞》　北京市　學林出版社　1985年

吳金華　《世說新語考釋》　合肥市　安徽教育出版社　1994年

汪維輝　《東漢—隋常用詞演變研究》　南京市　南京大學出版社
　　　　2000年

汪維輝　《齊民要術詞彙語法研究》　上海市　上海教育出版社　2007
　　　　年

肖曉暉　《漢語並列雙音詞構詞規律研究——以《墨子》語料為中心》
　　　　北京市　中國傳媒大學出版社　2010年

柳士鎮　《魏晉南北朝歷史語法》　南京市　南京大學出版社　1992
　　　　年

周日健　王小莘　《顏氏家訓詞彙語法》　廣州市　廣東人民出版社
　　　　1998年

周俊勛　《魏晉南北朝志怪小說詞彙研究》　成都市　巴蜀書社　2006

年

周祖謨　〈切韻的性質和它的音系基礎〉《問學集》　北京市　中華書局　1963年

俞理明　《《太平經》正讀》　成都市　巴蜀書社　2001年

俞理明　《佛經文獻語言》　成都市　巴蜀書社　1993年

胡敕瑞　《〈論衡〉與東漢佛典詞語比較研究》　高雄市　佛光山文教基金會　2002年

范祥雍　《洛陽伽藍記校注》　上海市　古典文學出版社　1958年

高　明　《中古史書詞彙研究論稿》　天津市　天津古籍出版社　2008年

張永言　《世說新語辭典》　成都市　四川人民出版社　1992年

張振德、宋子然　《《世說新語》語言研究》　成都市　巴蜀書社　1995年

張萬起　《世說新語詞典》　北京市　商務印書館　1993年

陳秀蘭　《魏晉南北朝文與漢文佛典語言比較研究》　北京市　中華書局　2008年

梁曉虹　《佛教詞語的構造與漢語詞彙的發展》　北京市　北京語言學院出版社　1994年

黃金貴　《古代文化詞義集類辨考》　上海市　上海教育出版社　1995年

馮春田　《文心雕龍語詞通釋》　濟南市　明天出版社　1990年

馮凌宇　《漢語人體詞匯研究》　北京市　中國廣播電視出版社　2008年

程湘清　《先秦漢語研究》　濟南市　山東教育出版社　1982年

萬久富　《宋書複音詞研究》　南京市　鳳凰出版社　2006年

董秀芳　《詞彙化：漢語雙音詞的衍生和發展》　成都市　四川民族出

版社　2002年

董紹克　《漢語方言詞彙差異比較研究》　北京市　民族出版社　2002年

葛本儀　《漢語詞彙研究》　北京市　外語教學與研究出版社　2006年

楊吉春　《漢語反義複詞研究》　北京市　中華書局　2007年

管錫華　《古漢語詞彙研究導論》　臺北市　臺灣學生書局　2006年

劉世儒　《魏晉南北朝量詞研究》　北京市　中華書局　1965年

劉百順　《魏晉南北朝史書詞語考釋》　西安市　陝西師範大學出版社　1993年

鄭　樵　《爾雅註》　四庫全書文淵閣本

蔡鏡浩　《魏晉南北朝詞語例釋》　南京市　江蘇古籍出版社　1990年

蔣紹愚　《近代漢語研究概況》　北京市　北京大學出版社　2005年

蔣紹愚　《古漢語詞彙綱要》　北京市　商務印書館　2007年

顏洽茂　《佛教語言闡釋：中古佛經詞彙研究》　杭州市　杭州大學出版社　1997年

蘇新春　《漢語詞義學》　廣州市　廣東教育出版社　1997年

二　期刊論文

丁邦新　〈國語中雙音節並列語兩成份間的聲調關係〉《中央研究院歷史語言研究所集刊》　第39本　1969年

丁邦新　〈論語、孟子及詩經中並列成分之間的聲調關係〉《中央研究院歷史語言研究所集刊》　第42本　1976年

丁崇明　〈男子配偶稱呼語的歷時演變、功能配置及競爭〉《語言教學與研究》　第1期　2005年

王　寧　〈訓詁學與漢語雙音詞的結構和意義〉《語言教學與研究》　第4期　1997年

王云路　〈《太平經》語詞詮釋〉《語言研究》　第1期　1995年

王云路　〈中古詩歌附加式雙音詞雙音詞舉例〉《中國語文》　1999年　第五期

王啟濤　〈《文心雕龍》與《出三藏記集》〉《陽明照先生九十華誕紀念文集》　成都市　巴蜀書社　2000年

王繼如　〈中古白話語詞釋義獻疑〉《文史》　第42輯　1997年1月

王霽雲　（1993）〈郭璞注釋的語言特徵〉《重慶師專學報》　第1期　1992年

方一新　〈《世說新語》詞語箚記〉《杭州大學學報》　1988增刊

方一新　〈「眼」當「目」講始於唐代嗎？〉《語文研究》　第3期　1987年

化振紅　〈《齊民要術》農業詞語擴散的層次分析〉《學術論壇》　第12期　2006年

王　東　〈「隅／角」歷時替換小考〉《延安大學學報》　社會科學版　第4期　2005年

王　東、羅明月　〈南北朝時期的南北方言詞〉《中南大學學報》　社會科學版　第4期　2006年

王　東　〈南北朝時期南北詞語差異研究芻議〉《長江學術》　第3期　2008年

王　顯　〈《切韻》的命名和《切韻》的性質〉《中國語文》　第4期　1961年

王彤偉　〈量詞「頭」源流淺探〉《語言科學》　第3期　2005年

田佳鷺　〈身體量詞的演變及其動因〉《內江師範學院學報》　第1期　2012年

何九盈　〈《切韻》音系的性質及其他──與王顯、邵榮芬同志商榷〉《中國語文》　第9期　1961年

何志華　〈郭璞訓詁語言的雙音詞〉《西南師範大學學報》　人文社會
　　　　科學版　第1期　1989年

何亞南、張愛麗　〈中古漢語疑問句中「為」字的詞性及來源〉《南
　　　　京師大學報》　社會科學版　第6期　2004年

呂傳峰　〈常用詞「喝、飲」歷時替換考〉《語文學刊》　第9期
　　　　2005年

呂傳峰　〈「嘴」的詞義演變及其與「口」的歷時更替〉《語言研究》
　　　　　　第1期　2006年

李　麗　〈南北朝時期漢語常用詞南北差異管窺〉《湛江師範學院學
　　　　報》　第4期　2011年

李仕春　〈從復音詞數據看上古漢語構詞法的發展〉《北京化工大學
　　　　學報》　社會科學版　第1期　2007年

李仕春　〈從復音詞數據看上古漢語單音詞復音化現象〉《西南交通
　　　　大學學報》　社會科學版　第2期　2007年

李仕春　〈從復音詞數據看中古漢語構詞法的發展〉《寧夏大學學報》
　　　　　人文社會科學版　第3期　2007年

李思明　〈中古漢語並列合成詞中決定詞素次序諸因素考察〉《安慶
　　　　師院社會科學學報》　第1期　1997年

李英哲　〈漢語歷時句法中的競爭演變和語言折衷〉《湖北大學學報》
　　　　　哲學社會科學版　第5期　1997

邱　冰　〈中古漢語詞彙雙音化研究〉《燕山大學學報》　哲學社會科
　　　　學版　第1期　2010年

邱　冰　〈東漢魏晉南北朝在語法史上的地位〉《燕山大學學報》　哲
　　　　學社會科學版　2010年

周一良　《洛陽伽藍記的幾條補注》《文獻》　總第五輯　1980年

周生亞　〈《世說新語》中的複音詞問題〉《吉林大學社會科學學報》

　　　　　1982年2月

周玟慧a 〈南言北語──《史記》《宋書》《魏書》"馳""驅"相關
　　　　　雙音組合比較研究〉《歷史語言學研究》　第五輯　2012年
　　　　　（排印中）

周玟慧b 〈從「眼」「目」歷時更替論南北朝通語異同〉《中國語言
　　　　　學集刊》第六卷　第一期　2012年（排印中）

邵榮芬　〈《切韻》音系的性質和它在漢語語音史上的地位〉《中國
　　　　　語文》　第4期　1961年

施春宏　〈動結式形成過程中配位方式的演變〉《中國語文》　第6期
　　　　　2004年

胡　蓉　〈論南北地域文化差異〉《大舞臺》　第2期　2012年

俞理明　〈從太平經看道教稱謂對佛教稱謂的影響〉《四川大學報》
　　　　　哲學社會科學版　第2期　1994年

高先德　〈談《世說新語》的詞序〉《南昌師專學報》　第1期　1985年

徐志林　〈「犬／狗」的歷時嬗變〉《廣東教育學院學報》　第6期
　　　　　2007年

徐震堮　〈《世說新語》詞語簡釋〉《中華文史論叢》　第4期　1979年

殷正林　〈《世說新語》中反映的新詞新義〉《語言學論叢》　第十二
　　　　　輯　1984年

時　兵　〈漢藏等語言中的量詞「頭」〉《民族語文》　第5期　2009
　　　　　年

柳士鎮　〈《世說新語》《晉書》異文語言比較研究〉《中州學刊》
　　　　　第6期　1988年

柳士鎮　〈從語言角度看《齊民要術》卷前雜說非賈氏所作〉《中國
　　　　　語文》　第2期　1989年

馬　真　〈先秦複音詞初探〉《北京大學學報》　第5期　1980年

馬吉兆、李良沛　〈地域文化對中國古代文學思想與風格之影響〉
　　　　《石家庄理工職業學院學術研究》　第1期　2011年

馬清華　〈論漢語并列復合詞調序的成因〉《語言研究》　第1期
　　　　2009年

馬連湘　〈從《世說新語》複合詞的結構方式看漢語造詞法在中古的
　　　　發展〉《東疆學刊》　第3期　2001年

高　可　〈語義的聚合關系和組合關系〉《鄭州工業大學學報》　社會
　　　　科學版　第1期　1999年

高雅梅　〈南北朝書體觀念比較研究〉《晉中學院學報》　第5期
　　　　2007年

梅　廣　〈迎接一個考證學和語言學結合的漢語語法史研究新局面〉
　　　　《古今通塞：漢語的歷史發展》　中央研究院語言學研究所籌
　　　　備處　2003年

梅選智　〈艷曲興于南朝胡音生于北俗──魏晉南北朝時期樂府民歌
　　　　之比較〉《大眾文藝》　第12期　2011年

常敬宇　〈漢語詞彙的網絡性與對外漢語詞彙教學〉《暨南大學華文
　　　　學院學報》第3期　2003年

陳松長　〈二王雜帖語詞散釋〉《古漢語研究》　第1期　1991年

陳愛文、于平　〈並列雙音詞的字序〉《中國語文》　第2期　1979年

陳瑩瑩、陳波　〈面向對外漢語教學的量詞「頭」的演變與運用機制
　　　　研究〉《文學界》　理論版　第8期　2011年

郭在貽　〈《世說新語》詞語考釋〉　1984年　《郭在貽語言文學論稿》
　　　　杭州市　浙江古籍出版社　1992年

郭在貽　〈六朝俗語詞雜釋〉《中古漢語研究》　北京市　商務印書館
　　　　2004年

麻愛民　〈從認知角度看漢語個體量詞「口」的產生與發展〉《湖北

社會科學》 第5期 2011年

張 猛 〈晉郭璞義相反而兼通例新析──古漢語詞義的圖形分析法〉
北京師範大學學報 社會科學版 第5期 1987年

張聯榮 〈魏晉六朝詩詞語釋義〉《古漢語研究》 第1期 1990年

張鴻魁 〈《世說新語》並列結構的字序〉 程湘清主編 《魏晉南
北朝漢語研究》 濟南市 山東教育出版社 1992年 頁
276～299

張立華 〈《抱朴子》通訓辨誤〉《松遼學刊》 人文社會科學版 第
2期 1994年

許威漢 〈從《世說新語》看中古語言現象〉 江西師範大學學報 哲
學社會科學版 第2期 1982年

黃金貴 〈論古漢語同義詞構組的標準和對象〉《古漢語研究》 第1
期 2003年

黃淬伯 〈關於《切韻》音系基礎的問題──與王顯、邵榮芬兩位同
志討論〉《中國語文》 第2期 1962年

程湘清a 〈先秦雙音詞研究〉 收入《先秦漢語研究》 濟南市 山
東教育出版社 1992a

程湘清b 〈《論衡》雙音詞研究〉 收入《先秦漢語研究》 濟南市
山東教育出版社 1992b

程湘清c 〈《世說新語》複音詞研究〉 程湘清主編 《魏晉南北朝漢
語研究》 濟南市 山東教育出版社 1992c 頁1～85

董玉芝 〈《抱朴子》複音詞構詞方式初探〉《古漢語研究》 第4期
1994年

楊萬娟 〈「南船北馬」析──談游牧民族與農耕民族民間諺語中的
民俗價值〉《西北民族研究》 第1期 2003年

楊鳳仙 〈古漢語「言說類」動詞的演變規律之探析〉《中國政法大

學學報》 第6期 2011年

葉桂郴 〈量詞「頭」的歷時考察及其他稱量動物的量詞〉《古漢語研究》 第4期 2004年

葉桂郴、王玥雯、李鳴鏑 〈「束」「縛」「捆」「綁」的歷時考察〉《湖南科技學院學報》 第6期 2007年

趙 捷 〈義素分析與反義聚合──探討古漢語反義詞研究的新途徑〉《現代語文》 語言研究版 第1期 2009年

蔣宗許 〈《世說新語》校箋箚記〉《古漢語研究》 第2期 1992年

樊維綱 〈晉南北朝樂府民歌詞語釋〉《中國語文》 第6期 1980年

劉瑞明 〈《世說新語》中的詞尾”自”和”復”〉《中國語文》 第3期 1989年

劉承慧 〈古漢語動詞的複合化與使成化〉《漢學研究》 第18卷特刊 2000年

劉承慧 〈古漢語實詞的複合化〉《古今通塞：漢語的歷史發展》 臺北市 中央研究院語言學研究所籌備處 2003年

劉海平 〈五、六世紀處所介詞詞組南北差異〉《語文學刊》 第19期 2011年

劉義婧、杜京原 〈淺議《齊民要術》牧養語義場農業生產類動詞〉《青春歲月》 第16期 2010年

鄭艷華 〈常用詞「牖、窗」的歷時更替〉《海南廣播電視大學學報》 第2期 2007年

魯國堯 〈「顏之推謎題」及其半解（上）〉《中國語文》 第6期 2002年

魯國堯 〈「顏之推謎題」及其半解（下）〉《中國語文》 第2期 2003年

魯國堯 〈論「歷史文獻法」與「歷史比較法」的結合──兼議漢語

研究中的「犬馬─鬼魅法則」〉《魯國堯語言學論文集》
南京市　江蘇教育出版社　2003年

黎潔瓊　〈近三十年中古漢語量詞研究述評〉《中南大學學報》　社會
科學版　第5期　2010年

蕭　紅　〈六世紀漢語第一、第二人稱代詞的南北差異──以《齊
民要術》和《周氏冥通記》為例〉《長江學術》　第4期
2010年

鮑遠航　〈南北朝山水散文的文化異質──以《水經注》和南朝山水
書札為例〉《北方論叢》　第5期　2007年

龍　丹　〈魏晉「牙齒」語義場及其歷時演變〉《語言研究》　第4期
2007年

龍耀宏　〈漢藏語系諸語言關于動物量詞「頭」的來源〉《貴州民族
研究》　第3期　1998年

韓惠言　《世說新語》複音詞構詞方式初探　《固原師專學報》　第1
期　1990年

瞿建慧　〈論「著（着）」語法化的南北差異〉《重慶郵電大學學報》
社會科學版　第1期　2007年

魏培泉　〈上古漢語到中古漢語語法的重要發展〉《古今通塞：漢語
的歷史發展》　臺北市　中央研究院語言學研究所籌備處
2003年

魏達純　〈《顏氏家訓》中的斷代性詞義現象研究〉《華南師範大學
學報》　第4期　1993年

魏培泉　〈東漢魏晉南北朝在語法史上的地位〉《漢學研究》　第18
卷特刊　2000年

譚達人　〈略論反義相成詞〉《語文研究》　第一期　1989年

羅素珍　〈語氣詞「邪（耶）」在南北朝的發展〉《文教資料》　第7

期　2007年

羅素珍　何亞南　〈南北朝時期語氣詞 "耳"、"乎" 的南北差異〉
　　　　《合肥師範學院學報》　第1期　2009年

嚴　俏　〈量詞「首」的產生及其歷史演變〉《桂林師範高等專科學
　　　　校》　第2期　2011年

蘇寶榮　〈《世說新語》釋詞〉《河南師範大學學報》　第1期　1988
　　　　年

顧　久　〈六朝法帖詞語小釋〉《貴州師範大學學報》　哲學社會科學版
　　　　　　　第4期　1988年

顧向明、王大建　〈《顏氏家訓》中南北朝士族風俗文化現象探析〉
　　　　《鄭州大學學報》　哲學社會科學版　第4期　2006年

三　學位論文

王　萍　《《洛陽伽藍記》複音詞研究》　西北市　西北大學碩士論文
　　　　　2004年

王啟濤　《中古及近代法制文書語言研究》　成都市　四川大學博士論
　　　　文　2002年

成　妍　《《抱朴子內篇》詞匯研究》　南京市　南京師範大學碩士論
　　　　文　2005年

杜　翔　《支謙譯經動作語義場及其演變研究》　北京市　北京大學博
　　　　士論文　2002年

李　麗　《魏書詞彙研究》　南京市　南京師範大學博士論文　2006
　　　　年

孟曉妍　《《方言》郭璞注雙音詞研究》　蘇州市　蘇州大學碩士論文
　　　　　2005年

呼敘利　《《魏書》複音同義詞研究》　杭州市　浙江大學博士論文

2006年

胡曉華　《郭璞注釋語言詞匯研究》　杭州市　浙江大學博士論文
　　　　2005年

殷　　靜　《《爾雅》郭璞注的并列復合詞研究》　蘇州市　蘇州大學碩
　　　　士論文　2005年

張　　悅　《從《三國志》《洛陽伽藍記》《水經注》看魏晉南北朝漢語
　　　　雙音合成詞的發展及演變》　濟南市　山東大學博士論文
　　　　2006年

張清華　《郭璞《爾雅注》雙音詞研究》　煙台市　魯東大學碩士論文
　　　　　2008年

覃代龍　《《根本說一切有部毗奈耶破僧事》詞匯研究》　成都市　四
　　　　川大學碩士論文　2002年

楊會永　《佛本行集經詞匯研究》　杭州市　浙江大學博士論文　2005
　　　　年

管錫華　《史記單音詞研究》　成都市　四川大學博士論文　1998年

鄧志強　《幽明錄複音詞構詞方式研究》　武漢市　武漢大學碩士論文
　　　　　2001年

國家圖書館出版品預行編目(CIP)資料

中古漢語詞彙特色管窺 / 周玟慧著. -- 初
　版. -- 臺北市 : 萬卷樓, 2012.08
　面 ; 　公分. --（語言文字叢書）
ISBN 978-957-739-767-6(平裝)
1.漢語 2.詞彙

　　　　802.18　　　　　　101016690

中古漢語詞彙特色管窺

2012 年 8 月 初版 平裝

ISBN 978-957-739-767-6　　　　　　　　　　定價：新台幣 **260** 元

作　　者	周玟慧	出　版　者	萬卷樓圖書股份有限公司
發 行 人	陳滿銘	編輯部地址	106 臺北市羅斯福路二段 41 號 9 樓之 4
總 編 輯	陳滿銘	電話	02-23216565
副總編輯	張晏瑞	傳真	02-23218698
編　　輯	吳家嘉	電郵	editor@wanjuan.com.tw
編　　輯	游依玲	發行所地址	106 臺北市羅斯福路二段 41 號 6 樓之 3
封面設計	斐類設計	電話	02-23216565
		傳真	02-23944113
		印　刷　者	百通科技股份有限公司

如有缺頁、破損、倒裝　　　網 路 書 店　　www.wanjuan.com.tw
請寄回更換　　　　　　　　劃 撥 帳 號　　15624015